IV

Dans les bois communs

Véra Herthé

IV. Dans les bois communs

Quatre saisons en Ardèche

Édition : BoD • Books on Demand GmbH,
In de Tarpen 42, 22848 Norderstedt (Allemagne)
Impression : Libri Plureos GmbH, Friedensallee 273,
22763 Hamburg (Allemagne)
ISBN : 978-2-3224-7752-4

Dépôt légal : septembre 2024

Véra Herthé est un nom d'emprunt.
Ce roman est le quatrième d'une série d'histoires, toutes situées dans le joli village de Joyeuse, en Ardèche, région chère à son cœur :

Cette histoire est une pure fiction, une totale création.
Certains lieux existent, mais sont systématiquement transformés selon sa fantaisie. Les histoires qu'elle relate, et les personnages qu'elle dépeint, sont uniquement issus de son imagination, et même les références à certains faits historiques ou réels, sont transformés selon son bon vouloir. Toute ressemblance possible avec la réalité serait le fruit du plus pur hasard. Et en aucun cas, l'auteur ne voudrait blesser quiconque croirait se reconnaître entre ces lignes.

« Le mal que font les hommes continue de vivre après eux »
William Shakespeare

I

Un lundi matin de mai.

Claudie s'adosse au mur de la cuisine et contemple le paysage par la fenêtre.

Après deux heures passées sur son écran d'ordinateur, elle s'octroie une petite pause, avant que ses yeux ne deviennent comme deux soucoupes. Les mains serrées sur sa sempiternelle tasse de thé, la jeune femme détaille l'image bucolique d'un printemps radieux, qui s'encadre dans l'ouverture vitrée, comme un tableau vivant.

Au premier plan, il y a une partie de son grand jardin, la zone froide et toujours ombragée, sous les mûriers et les grands conifères, un pin maritime et deux cèdres. Le hamac tendu entre les trois troncs se balance mollement dans la brise matinale.

Au second plan on distingue, entre les feuillages et les herbes folles, le cours du Bourdary, petit ru capricieux, évoluant au rythme des saisons : puissant et rapide en hiver, minuscule et tortueux au printemps ou en automne, puis sec et absent en été.

Enfin, au dernier plan, par-delà tous les jardins et toutes les constructions qui longent la rue pentue, il y a le village de Joyeuse, petit bourg ardéchois caractéristique, aux ruelles pavées, parfois couvertes, avec ses maisonnettes de pierres sombres, serrées, imbriquées les unes aux autres, telle une muraille alambiquée, grimpant à l'assaut du point culminant, où surplombent église et château médiéval.

Claudie rêvasse en laissant son regard glisser sur le décor. Elle est remplie de pensées contradictoires.

Son frère, John, lui fait souci.

Depuis quelques jours elle lui trouve mauvaise mine. L'homme, qui d'ordinaire affiche un visage lumineux aux grands yeux bleus rêveurs, n'est aujourd'hui plus qu'une ombre, les yeux cernés et le teint gris. Certes, John n'a jamais été bien épais mais depuis peu, il est même carrément squelettique. Elle n'a pas encore vraiment osé l'interroger sur sa santé. Accaparé par le chantier de rénovation colossal visant à transformer une ruine calcinée en son futur chez-lui, John ne passe plus aussi souvent. Et elle ne veut pas s'imposer, alors tous les deux ne se croisent plus guère. Cette constatation afflige subitement la jeune femme. Il reste sa seule famille pourtant, et peut-être aujourd'hui, a-t-il besoin d'aide ? Mais de quel droit s'immiscerait-elle dans sa vie, s'il n'en a pas fait la demande ?

Claudie soupire.

Pendant presque quarante ans, elle s'est crue fille unique. Depuis peu, elle sait que ses souvenirs étaient faux : elle a été adoptée, et au départ ils étaient deux, des jumeaux.

« Être sœur, je ne sais pas faire... » murmure la jeune femme, dans le silence de sa maison.

C'est par le plus grand hasard qu'ils ont appris leur adelphité.

Enquêtant, à leurs heures perdues, pour aider leur ami Justin - spécialiste de cold case - sur la disparition d'une jeune fille dans les années soixante-dix à Joyeuse, ils avaient ainsi découvert que ladite jeune fille, avant de s'évanouir dans le néant, avait accouché, en secret de deux bébés : Claudie et John. Les nourrissons avaient alors été adoptés, de façon clandestine, par deux familles différentes, ne sachant rien l'une de l'autre.

La nouvelle avait fait l'effet d'un tsunami sur la pauvre Claudie.

Puis, le petit groupe d'enquêteurs avait continué à creuser la piste et mis à jour de nouvelles cruautés dans la recherche de la vérité : la jeune maman avait été assassinée par ses protectrices, deux vieilles femmes au-dessus de tout soupçon, les sœurs Baswell, décédées depuis. Mais le corps n'était toujours pas retrouvé. Ils supposaient que leur géniteur était lui, toujours vivant, mais ils ne parvenaient pas à retrouver sa trace. Durant leur quête, frère et sœur s'étaient d'abord observés puis rapprochés, unis par la même soif de justice.

Mais au fil des mois, leurs recherches s'étaient enlisées. Dès lors, ils n'avaient pas avancé d'un pouce.

« Peut-être que c'est cette enquête, au point mort, qui le ronge ? » se demande Claudie en pensant à John.

Mais où chercher encore ? Tout s'est perdu, comme dilué, dans le passé, il y a quarante ans. La plupart des protagonistes sont morts et les rares survivants restent murés dans leur silence, quand ce n'est pas leur cervelle qui les a quittés…

Claudie secoue la tête. Elle voudrait connaître, maintenant, la solution à ses interrogations et relancer ainsi son frère sur la piste. Ou encore se trompe-t-elle du tout au tout ? La jeune femme se retrouve face à un mur, elle n'a personne à qui demander comment ou quoi faire.

Son frère reste une énigme complexe.

Car surtout, ils ne se ressemblent absolument pas. Lui qui vit sa vie au jour le jour, quand elle anticipe chaque minute. Lui qui semble hors du temps, comme venu d'une autre planète, à l'opposé d'elle, bien terrestre, informée de tout ce qui se passe. Enfin lui si fin, si blond, avec ce regard bleuté toujours perdu dans le lointain, tandis qu'elle, si brune et ronde, parcourt le monde de ses yeux noisette, toujours aux aguets.

Claudie secoue la tête, la cervelle rongée d'inquiétude.

John est-il simplement fatigué par ses travaux ? Mange-t-il à sa faim dans son campement précaire ? Il aurait pu rester chez elle, cohabiter comme ils l'ont fait quelques mois. Mais un matin il avait fait son bagage et était reparti, prétextant que sa future maison était maintenant hors d'eau. Claudie s'en veut. Elle aurait dû le retenir, quoiqu'en réalité, ce départ avait été un indéniable soulagement.

« Je n'avais pas peur de lui, et pourtant… »

La jeune femme se remémore les rares fois où elle a assisté aux migraines de son frère, des crises terribles et soudaines, transformant l'homme doux et timide en un monstre possédé, se tordant de douleur et hurlant, balançant ses poings rageurs contre un ennemi invisible. Fort heureusement, lors de ces séances violentes, Claudie n'était jamais seule. Justin, leur ami, les visitait souvent à l'époque. Sinon elle se serait enfuie, comme une lâche.

Elle a posé des questions, cherché à déterminer l'origine de ces maux de tête, essayé de comprendre, demandé s'il y avait des soins ou un suivi médical. Mais son frère n'a jamais répondu, juste haussé les épaules, une fois redevenu calme.

John est un taiseux. Il ne donne pas d'explication s'il estime qu'il n'y a pas nécessité. Claudie rage de ne pas parvenir à déchiffrer ce frère, cet inconnu.

Elle se redresse et remplit à nouveau sa tasse de thé, décidant d'aller prendre le soleil quelques minutes sur la terrasse.

Elle a à peine mis le pied dehors qu'on l'interpelle depuis la rue.

Claudie aperçoit un vieil homme avec une casquette plate et une moustache bien fournie, lui faire de grands gestes. Le vieux sort juste du cimetière, en face, et se précipite vers son portillon. Claudie le rejoint mais ne lui ouvre pas. Cela ne semble pas gêner le papé, campé sur l'asphalte, qui vocifère en postillonnant :

—Dites mam'zelle ! Z'auriez pas vu une bande de vauriens traîner dans le coin ?

—Pardon ? demande Claudie en haussant les sourcils.

—Y a ma fois des morveux qui font des trucs pas catholiques dans le cimetière, ces derniers temps. Et comme vous z'êtes juste en face, j'me disais que vous les avez p'têt ben vus ?

—Ah non, je ne crois pas…

—Ces saloupiots ! Je fais le planton jour et nuit et ils arrivent quand même à me berner !

—Mais ils ont fait quoi ?

—Ah ! Je sais pas bien ce qu'ils traficotent là-dedans, mais ça me dit rien qui vaille. P'têt ben que j'leur fais peur finalement.

Le vieux semble réfléchir à ses dernières paroles, le regard dans le lointain et la moustache frétillante. Mais Claudie voudrait comprendre :

—Ils ont cassé quelque chose ?

—Pas encore ! fulmine le vieillard. Et je les empêcherai ! Tous les matins, je trouve la porte d'un caveau ouverte alors que je la ferme tous les soirs ! Et à clef ! Va savoir ce qu'ils font là-dedans… P'têt ben qu'ils viennent fumer de la drogue ? Dame, je retrouve rien par terre, mais moi je sais bien qu'ils viennent toutes les nuits ! Pas possible que cette fichue porte s'ouvre seule ! Ou alors faut croire aux fantômes !

Claudie secoue la tête. Le pépé a l'air bien remonté. Il avance de maigres soupçons mais il y tient mordicus.

« Encore un angoissé qui regarde trop la télé » se dit la jeune femme.

—Donc, ils n'ont rien cassé, vos vandales ?

—Pas encore que j'vous dis ! Mais faut pas laisser faire ! Vous m'croyez pas ? Tenez, aujourd'hui j'ai trouvé ça dans le caveau ! s'époumonne le vieux en agitant une espèce de casquette de Base Ball, au tissu bleu, fané et sale.

Il semble fier comme Artaban de sa découverte. Claudie lorgne la fameuse preuve et hausse les épaules. Pourquoi ce vieux s'excite-t-il contre une bande de gamins qui jouent juste à se faire peur, la nuit, dans un cimetière ? A-t-il oublié sa jeunesse ? Il a bien dû le faire, lui aussi !

Claudie se souvient d'un été où elle traînait, ici même, avec un groupe d'adolescents de son âge. Les garçons étaient ravis d'entraîner les filles dans leur chasse au Dahu, entre les tombes. Elle se souvient de leur peur mêlée de rires gênés, tandis qu'ils couraient à la lune entre les tombes, imitant le cri du loup, le corps parcouru du frisson de l'interdit… Ils ne faisaient rien de mal, pourtant. Ils jouaient juste à s'effrayer, selon une coutume ancestrale, dans un petit village reculé, proposant trop peu d'animation aux jeunes vacanciers.

Claudie est persuadée que même si elle surprenait les gamins en mal de frisson, elle se garderait bien de les rappeler à l'ordre. Peut-être même qu'elle les suivrait du regard avec envie.

Le vieux la fixe rudement, semblant lire dans ses pensées. Sa moustache frétille, puis il crache sur le bitume et fait volte-face en vociférant :

—Z'êtes bien comme les autres, à pas m'écouter ! Pourtant MOI je sais qu'y s'passe des trucs pas catholiques dans ce cimetière ! Et ça date pas d'hier, croyez-moi ma p'tite dame !

Claudie n'a pas le temps de répondre, le papé s'éloigne de son pas bancal, grommelant, tout en agitant le poing vers le ciel.

Sous la maison abandonnée, masquée par les ronces et les broussailles, comme blottie dans l'obscurité, une forme attend.

Allongée sur les gravats, elle semble dormir, se reposant d'un long voyage. Seule la cage thoracique, sous un grand tissu noir, se soulève au gré des respirations paisibles et régulières.

La forme n'est pas distincte, peut-être un gros animal, peut-être un humain recroquevillé ?

La Chose dort, calme et sereine, sous cette arche de pierres branlantes mais fraîches, cachée par un massif de ronces, à l'abri des regards curieux et des visites impromptues.

La voix de Kali - 1

Je suis de vents et de poussières,
De nuits et de ténèbres,
De bruits et de fureurs,
De glace et de tempêtes.
Je suis réelle et invisible,
Présente mais éphémère,
Violente, parfois cruelle,
Souvent chargée de colère.
Je suis soudaine mais intemporelle,
Ruminée, calculée, intérieure,
Et parfois passionnelle.

Je suis née des Hommes et de leurs pensées,
De ceux qui souffrent, humiliés ou trahis,
De celles qui donnent puis qui haïssent,
Des enfants battus, violentés, abandonnés.
Je suis liée aux humains, avides de justice,
Indifférente au reste du vivant.
Recluse longtemps ou vénérée,
Je suis leur cri, leur geste, leur désespoir.

Je suis un tout mais pas une entité.

Je suis toutes les âmes, surtout les damnées.

Je suis un concept, une volonté farouche,

A laquelle on attribua un nom, un sexe ou une image.

Je suis Némésis, Vidar, Paena, Adrastée et Vali,

Sekhmet, Kali, Michel, Durgâ, Châmunda ou Inugami.

Et je ne suis rien de tout cela...

Je chemine par monts et par vaux, de jour comme de nuit,

Au gré des appels, des souffrances, et ainsi désirée,

Avec pour bagage, mes trois furies :

La Haine, la Vengeance et l'Implacable.

II

Un lundi après-midi de mai.

Claudie termine à peine son léger repas, avec pour seule compagnie la radio allumée sur une chaîne d'informations, qu'alors déboule son plus vieil ami, Justin. Il passe la porte de la cuisine comme une bourrasque, ses longs cheveux emmêlés flottant dans son dos comme des tentacules. La jeune femme sourit en éteignant le poste ; le poulpe mérite bien son surnom.
Et elle est toujours contente de le voir.
Comme à son habitude, le grand échalas ne dit pas bonjour. Il branche la cafetière et s'installe à la table, sans attendre une quelconque invitation.
—Toujours aussi mal-élevé, lance Claudie dans un demi-sourire.
Le poulpe ouvre de grands yeux ronds derrière sa tasse de café, ses iris pâles dardés sur l'accusatrice, puis repose délicatement son breuvage et éclate de son grand rire silencieux, la bouche ouverte en un cri muet, le corps secoué de tremblements. La jeune femme n'est plus étonnée

du spectacle, et le laisse se calmer. Il sirote enfin son breuvage et l'observe derrière ses mèches de cheveux désordonnées.

—T'as pas vu le chien ? demande-t-il enfin.

—Le chien ? demande Claudie en fronçant les sourcils. Tu veux parler de Cerbère ?

La jeune femme se demande quelle mouche pique son ami subitement. Si elle comprend qu'il fait probablement référence au grand chien noir qui erre en lisière du village, elle ne conçoit pas le ton pressant dans la question de Justin. Ce chien est un peu étrange, certes, il n'appartient à personne mais s'invite régulièrement dans les maisons. Plusieurs fois, il est venu rendre visite à Claudie et, d'abord apeurée par le molosse, prodigieusement massif et grand, elle a appris à l'accepter. Car la bête est totalement inoffensive. Dorénavant, elle se fait même une joie de le retrouver, sur son chemin, régulièrement. Sa présence l'apaise et chacun de ses départs est, pour elle, une grande tristesse. Elle voudrait bien l'adopter, mais Cerbère est un chien libre, il n'a pas de foyer, il est son propre maître, c'est lui qui choisit.

Pour Justin, c'est une tout autre histoire. Le poulpe auréole l'animal de pouvoirs mystérieux, de dons peu communs, de clairvoyance. Comme si ce chien venait directement des enfers, d'où le nom qu'ils lui ont donné : Cerbère. Claudie sourit chaque fois qu'elle entend la théorie foutraque de son ami.

Mais s'il pose la question, c'est qu'il a une idée derrière la tête... Alors ? Que lui cache-t-il aujourd'hui ?

Justin aime beaucoup les mystères.

—Pourquoi tu me demandes ça ? hésite-t-elle.

—Mmm.

Le poulpe semble réfléchir, les yeux fixés sur son breuvage noir.

—Il se passe des choses, Claudie, chuchote-t-il subitement. Je le sens, tout le monde le sent, mais je ne peux pas l'expliquer...

—Quelles choses ? Moi je ne sens rien de spécial.

—Dans la musique du village, je perçois une ou deux fausses notes par-ci, par-là, les notes que sème le chien...

—Tu es toujours aussi dingue, soupire Claudie en se redressant pour laver les tasses. Je ne comprends rien à ce que tu racontes. Moi, ce qui m'inquiète, c'est la santé de John.

—Qu'est-ce que tu veux dire ? demande le poulpe, les sourcils soudain froncés.

—Tu n'as pas remarqué ? Il a l'air souffrant, maigre et les yeux cernés. Je pense que ce sont ses migraines qui le tourmentent. Il devrait aller voir un médecin. Tout ça n'est pas normal.

—Mmm.

—C'est tout ce que tu trouves à me dire ?

—Mais que veux-tu que je te dise ? demande l'autre éberlué.

Claudie hausse les épaules, elle ne sait pas quoi répondre. Peut-être qu'il faudrait juste que son ami la prenne dans ses bras ? Les amis, ça sert à ça… Mais Justin en serait bien incapable. Reconnu sociopathe depuis l'enfance, sans danger pour ses semblables, il brille par ses manques, inadapté aux codes sociétaux.

Les sentiments, les peines des autres, l'empathie, ne le concernent pas.

—Tu t'inquiètes pour rien, lâche-t-il enfin.

Justement ce qu'il ne fallait pas dire.

Claudie fait brusquement volte-face et lui déverse au visage toute sa colère rentrée, sa rage impuissante, hurlant comme une forcenée :

—NE PAS M'INQUIETER ? Non mais tu réalises ce que tu dis ? Comment ne pas m'inquiéter ? C'est mon frère, ma seule famille ! Il a peut-être quelque chose de grave ?

—Mais ton frère ne s'inquiète pas, LUI, répond nonchalamment le poulpe en se roulant une cigarette.

—Comment tu le sais ? hurle Claudie, le visage empourpré.

—Mmm… Parfois je me demande si tu ne me considères pas juste comme un monstre, soupire Justin.

—Et ?

—Et rien. Ton frère n'est pas soucieux. John est même plutôt heureux.

—HEUREUX ?

Claudie ne sait plus que dire.

Justin sourit benoîtement :

—Mademoiselle Chance… Tu veux tout comprendre mais tu n'écoutes personne.

—Tu m'énerves avec ce surnom.

—Il te va comme un gant ! Et soyons sérieux quelques minutes : j'ai peut-être une piste pour retrouver votre père.

Le poulpe se tient fier sur sa chaise, le visage illuminé de joie, trop heureux d'annoncer sa belle surprise. Claudie aurait presque envie de le gifler.

Il passe du coq à l'âne sans la ménager, le degré zéro de la délicatesse. En elle, ce seraient plutôt les montagnes russes. Après sa fureur bruyante, elle a l'impression de subir une douche froide : le type se fout complètement de la santé de ses amis. Seule la solution de ses enquêtes lui importe.

Toute la colère qu'elle pourrait laisser exploser dans cette cuisine ne ferait ni chaud ni froid à Justin, tranquillement installé sur sa chaise, sa tasse de café à la main, le petit doigt en l'air.

La jeune femme en reste sans voix.

Soudain lasse, Claudie s'assoit, vaincue, et soupire, la tête entre les mains :

—Ben vas-y, accouche…

Il hausse un sourcil mais se lance :

—Bien. Je récapitule : fuyant, on ne sait pas encore exactement quoi, à bord d'une voiture volée, tes parents ont eu un accident dans le coin. C'est à ce moment-là que les vieilles Baswell ont recueilli ta mère, laissant ton père comme mort sur les lieux. Eh bien, figure-toi que je viens d'avoir la confirmation que cette voiture introuvable, a bien été enlevée de la route, prestement, la nuit même de l'accident.

—Par qui ? s'exclame-t-elle en redressant brusquement la tête.

—Tout simplement le garagiste de Joyeuse ! Enfin, son paternel… J'ai cuisiné le jeune un moment et à force il a parlé avec son père, car c'est lui qui tenait le garage à l'époque. Le vieux aurait reçu au matin un appel de Clodomir Chambon, tu te souviens ?

—Oh que oui… Une vraie pourriture.

Claudie frissonne. Rien que le souvenir de ce vieux vétérinaire, pervers et criminel, la dégoûte. L'homme avait voulu qu'elle soit sa confidente mais les mots qu'il lui avait glissés à l'oreille le jour de son trépas l'avaient horrifiée. Encore aujourd'hui, l'image de cette scène la traumatise.

Mais pas le poulpe, qui continue son petit discours :

—Donc Clodomir appelle pour indiquer au garagiste où est la bagnole. Et l'autre va la chercher prestement, malgré l'orage, puis la dépiaute consciencieusement, et revend les pièces détachées. Hop ! Ni vu ni connu !

—Sans se demander à qui appartient la voiture ? Sans se demander où sont les blessés ? Pas trop regardant, le garagiste…

—Ni les gendarmes de l'époque, qui avaient inscrit l'accident dans leurs fichiers, d'ailleurs…

—Ce salaud, même depuis sa tombe, revient à chaque fois… Mais pourquoi Clodomir se souciait-il de cette voiture ?

—Aucune idée.

—Et ils n'ont pas trouvé de corps ?

—A priori non.

—Peut-être que Clodomir l'a enterré, dans son cimetière personnel ? Dorénavant, il sera impossible de lui tirer les vers du nez.

—Quelle pessimiste ! Rappelle-toi : ses terres ont toutes été retournées et si on y a bien découvert des corps, c'étaient ceux de femmes, uniquement. Je reste persuadé que ton père s'en est sorti. Ils ne l'ont pas vu, c'est tout. Rien n'est perdu, je vais encore interroger le vieux garagiste, avant qu'il ne soit trop tard. Son fils m'a dit qu'il était très malade, couché depuis quelques jours, avec une mauvaise grippe. Il risque d'y passer.

—Méfie-toi. C'est peut-être contagieux ?

Justin lève un sourcil et éclate de son grand rire silencieux.

—Ah Mademoiselle Chance, tu es déroutante.

Le grand échalas sort en trombe de la cuisine, comme il y est entré.

Claudie ne sait que penser. Elle se retrouve seule, la cervelle embrouillée de questions, de pensées, de soupçons et de tristesse. Il est encore tôt mais elle se sent proprement incapable de se pencher à nouveau sur son ordinateur, encore moins de se concentrer sur ses articles. Elle voudrait rejoindre son frère sur son chantier mais elle n'est pas certaine de lui faire plaisir, craignant de l'enquiquiner.

Avec élan, comme pour fuir le maelstrom de sa cervelle, Claudie sort sur la terrasse en claquant la porte, et marche, à grandes enjambées jusqu'à la vigne, au bout de son jardin. Là, entre la circulation de la grande route et le printemps qui s'éveille partout, elle tente de vider sa tête, de lâcher prise, se mouvant machinalement, sans but, entre les ceps bourgeonnants.

John a les yeux grands ouverts, couché sur son matelas à l'étage de sa maison en chantier. La crise s'estompe, lentement. Il ne sait pas exactement combien de temps celle-ci a duré.

Il a alors une pensée pour sa sœur qui déteste le voir dans cet état.

Il sourit pour lui-même. Il a tant d'amour pour elle, même s'il ne sait pas le lui montrer. Il aimerait pouvoir se confier à elle, mais c'est impossible.

Et l'horloge tourne.

Il n'est pas fâché, pas terrorisé non plus. Il connaît son destin depuis tout petit, comme une évidence, comme une vérité, comme si une voix lui avait chuchoté à l'oreille une histoire fantastique. Et tout ce qu'elle avait prédit s'est réalisé.

Une voix ancienne, presque un murmure, qu'il est certain de reconnaître quand il l'entendra à nouveau.

La voix de Kali - 2

Je ne me raconte pas, je n'ai pas à le faire, pas aux vivants.

Seuls les futurs trépassés connaissent ma voix.

Mais toi, Petite, tu es spéciale.

Maintenant ferme les yeux et détends-toi.

Ecoute avec l'esprit. Des images naîtront derrière tes paupières closes.

Laisse-les venir à toi, et ne résiste pas.

Car ce récit est indicible et inaudible pour un mortel.

Pourtant, tu vas l'entendre et le comprendre.

Puis tu l'oublieras.

Mais demain tu sauras que chaque chose est à sa place.

Car voici ton passé et ton avenir.

Je ne connais pas de frontières.

Ni dans ce monde, ni dans les autres.

Je suis puissante. Mais je ne peux agir seule.

Il me faut des soldats, braves et vigoureux, déterminés et intransigeants.

Ils sont mon bras armé, je suis leurs pensées.

Moi seule décide. Je les choisis donc avec soin, toujours au nombre de trois.

Difficile, est mon choix. Judicieux, il doit être.

Je n'ai pourtant pas à chercher longtemps,

Votre race est un terreau fertile.

Certaines âmes tourmentées refusent de quitter ce monde.

Elles font de bons compagnons, obéissants et sans remords.

Petite, voici Elsbeth et Nathanaël, ma Vengeance et ma Haine.

Avec l'Implacable, ils sont trois.

Pour ce dernier, le plus puissant, il me faut de la matière vivante.

Une âme morte ne peut suffire.

Je dois choisir le vivant capable d'endosser ce rôle,

Obtenir son total et parfait accord.

Ainsi je choisis souvent l'humain au plus près de son trépas,
Car alors il n'aura pas d'autre échappatoire.
Cependant, ils ont toujours le choix et nombreux sont ceux qui refusent.

Mais ton père n'a pas hésité, lui.

III

Un mardi matin de mai.

Claudie se lève avec peine. Cette nuit encore, le même cauchemar est venu la hanter. Dans son profond sommeil elle est toujours en lutte avec une menace indéfinissable qui la poursuit. Elle se voit courir à perdre haleine dans un pré infini, les hautes herbes l'engloutissent peu à peu, freinant sa course éperdue. Elle a l'impression de rapetisser au fil des pas, peu à peu entourée de verdure, elle court toujours tout droit pour échapper à l'angoisse, derrière elle. Puis, avec soulagement, une forme trapue se dresse devant elle, peut-être un moine, peut-être un chevalier, un homme visiblement, bien que sans visage, qui la prend dans ses bras avec ferveur et la cache dans sa longue tunique encapuchée. Le cauchemar se termine à chaque fois sur cette image, celle d'un grand soulagement après une fuite effrénée. Lorsqu'elle se réveille, généralement, elle se retrouve emberlificotée dans ses draps humides, le cœur battant à tout rompre.

Encore sonnée de sa course nocturne, la jeune femme enfile ses bottines fourrées en peau de lapin et passe un pull informe sur son pyjama en pilou. Ce matin, elle a froid. Avec lenteur elle traverse la maison en direction de la cuisine, ouvrant un à un les volets sur son trajet. Et quelle n'est pas sa surprise en ouvrant les derniers montants !

Elle en reste quelques secondes sans voix, son regard éberlué devant le paysage.

En face de sa maison, de l'autre côté de la route bitumée, juste à côté du cimetière, il y a un immense pré en friche qui s'étire dans le lointain. Sur le côté droit, en bordure de rue, il reste deux bâtisses imposantes bien qu'en ruine. Les deux constructions forment un L autour d'un mûrier centenaire et sont recouvertes au fil du temps, par du lierre, qui grignote inlassablement les façades jusqu'au toit. L'une devait être le logis principal, haut de deux étages. Les fenêtres ont toujours leurs volets mais ceux-ci, mal bloqués, battent aux quatre vents et les vitres ont toutes disparu. Seul le toit parait assez récent et protège la bâtisse de la destruction inexorable du temps. La deuxième devait probablement être une grange, dont la porte de bois arrondie pourrit peu à peu.

Les lieux sont abandonnés depuis longtemps, Claudie n'a pas le moindre souvenir d'habitants.

Même lorsqu'elle venait passer l'été chez Alice, dont elle a hérité la maison, elle n'a pas souvenir d'avoir vu, là, le moindre signe de vie. L'ensemble est vide, envahi de végétation, empli de solitude.
Mais aujourd'hui, le pré est habité !

C'est une vraie roulotte que Claudie découvre face à ses fenêtres. Une vraie roulotte à l'ancienne, comme dans les livres d'enfant, toute de bois coloré, longue, le toit arrondi et l'auvent sculpté, avec de grandes roues de bois, peintes, elles aussi. La jeune femme se dit qu'en réalité c'est la première fois qu'elle en voit une ainsi. Elle ne peut détacher ses yeux de l'étrange demeure roulante qui a dû s'installer pendant la nuit, dans le plus grand silence.
Claudie scrute la chose colorée mais ne distingue aucun mouvement à l'intérieur. Pourtant la construction semble habitée et bien entretenue. Il y a un grand cheval noir qui broute tranquillement à côté, probablement celui qui a servi à tirer l'engin. Et un chat roux au poil soyeux dort paisiblement sous le plancher, à l'ombre.
Tout à coup, la cheminée de la roulotte se met à fumer et la jeune femme s'approche imperceptiblement de sa vitre pour mieux scruter les ouvertures de la caravane. Pourtant, elle ne perçoit nul mouvement derrière les rideaux rouges. Claudie reste ainsi quelques minutes puis hausse les épaules et se détourne pour préparer son thé brûlant.

Tout en beurrant ses tartines, elle réfléchit à sa journée.

Il lui faut s'y remettre, travailler un peu son dernier article et répondre aux mails. Même si son métier de journaliste free-lance lui offre l'opportunité de décider de son emploi du temps, il lui reste des impondérables qu'elle ne peut manquer. Puis cet après-midi elle ira rejoindre son frère, John, pour visiter son chantier. Et peut-être discuter un peu avec lui. Elle voudrait choisir ses mots avec soin, éviter les maladresses mais elle reste l'esprit vide. Rien ne lui vient spontanément. Claudie secoue la tête, comme pour chasser les pensées tristes de sa cervelle.

Sa tasse de thé fumante à la main, elle ouvre la porte de la cuisine pour aérer les lieux, et se recule brusquement, stupéfaite : il y a quelqu'un derrière son portillon, un ou une inconnue, immobile, qui lui tourne le dos.

Claudie se pétrifie et observe l'apparition. On dirait une femme, une gitane, à l'ancienne, ou une Péruvienne, qui porte des vêtements bariolés superposés les uns sur les autres : un vieux manteau vert et un sous-pull violet, puis deux à trois jupons dans les dégradés de rouge. Un grand chapeau en feutre mou orné d'une plume lui masque les cheveux, mais il semble à Claudie, que c'est une personne âgée et qu'elle fume. D'ailleurs une petite fumerole s'élève au-dessus du chapeau.

La jeune femme fait immédiatement le lien avec la roulotte présente ce matin. La vieille doit vivre là-dedans. Claudie aimerait bien visiter la maisonnette ambulante, mais elle n'osera jamais le demander.

L'inconnue semble concentrée devant le portillon, le visage tourné vers le cimetière, immobile, sans un regard pour sa voisine interloquée.

« Décidément, j'ai tous les originaux du bled qui viennent me rendre visite ces derniers temps ! »

Claudie secoue la tête.

La gitane reste plantée sur le bitume mais ne se retourne pas. Les mains sur les hanches, elle semble plus que jamais en contemplation du cimetière. Claudie se décide finalement, sa curiosité est plus forte que sa discrétion :

—Bonjour ! Vous cherchez quelque chose ?

L'inconnue fait demi-tour prestement et lève le visage vers Claudie. Elle ne répond pas à la question mais se redresse et scrute de ses yeux noirs, celle qui a osé l'interrompre dans sa rêverie. Claudie détaille avec minutie l'expression fière du regard sombre et froid, perdu entre les milliers de sillons creusant le visage parcheminé. Après réflexion, ce visage est terriblement laid. Il n'est même plus certain que ce soit celui d'une femme, tant les traits sont épais, le nez gros et aplati, la peau brune comme momifiée. Malgré tout, il émane de cette vieille rabougrie une impression de force brute.

Sans raison aucune, Claudie sent ses poils se hérisser sur la nuque.

Toujours les mains sur les hanches, la gitane grimace, comme furieuse, tirant sur sa pipe telle une locomotive. Claudie se dit que probablement, la femme doit être sourde, alors elle réitère son interrogation en criant comme une poissonnière. La pipe entre encore en action puis l'inconnue répond enfin d'une voix rocailleuse :

—Tu es seule ?

Claudie en reste comme deux ronds de flan.

Comme la plupart des vieux que le grand âge dédouane, la femme la tutoie d'emblée. Mais surtout elle ne comprend pas le sens de la question posée. « Que veut-elle dire ? De qui parle-t-elle ? C'est peut-être une folle ? Doit-elle s'en inquiéter ? »

Pourtant elle ne veut pas paraître impolie, ni montrer qu'elle pourrait craindre quelque chose.

—Vous cherchez quelqu'un ? demande-t-elle le plus sereinement possible.

—Es-tu seule ici ?

« Non mais c'est quoi ces questions ? ».

Refusant de répondre à la malpolie, Claudie, brusquement, se referme comme une huître et darde de son regard dur la petite vieille.

—Où est-il ? redemande la bohémienne, visiblement peu impressionnée.

Claudie ouvre de grands yeux de surprise, ses pensées tournoyant comme un manège dans sa tête.

« Mais de qui...elle parle ? »

Elle voudrait renvoyer la vieille vertement, lui faire comprendre que ses questions incongrues dérangent, la chasser de sa vue car soudain, elle ne souffre plus d'avoir cette femme en face d'elle. Mais aucun son ne sort de sa bouche, elle ne parvient qu'à la fixer, perdue par les interrogations qui lui vrillent le crâne.

L'autre soutient le regard sans broncher puis sourit en tirant sur sa pipe, imperturbable.

Les deux femmes se défient du regard. Claudie voudrait comprendre, la situation lui échappe, elle ne sait plus ce qu'elle ressent, envahie de nausées et de fureur. Elle hésite entre tourner les talons en silence ou invectiver la vieille avec des mots bien sentis, mais reste immobile, les mains moites.

C'est le moment que choisit Cerbère pour faire son arrivée, depuis l'arrière de la maison. Le gros chien noir lance son formidable aboiement et accourt à toute allure auprès de Claudie. La jeune femme, brusquement détournée de son face-à-face, se réjouit soudain du retour de la bête, impressionnante et énorme, mélange de Rottweiler et de Beauceron. Ce chien n'a jamais été menaçant, il n'aboie que rarement. Claudie se penche vers l'animal, assis à ses pieds, trop contente de le revoir, pour le caresser, plongeant les doigts dans la fourrure noire épaisse, avec ravissement. Elle constate que çà et là, quelques poils blancs apparaissent dans le pelage, pour la première fois, et elle sourit.

« Tu vieillis, mon gros ».

Quand elle relève enfin la tête vers le portillon, la gitane a disparu, comme par enchantement. Aucune trace d'elle alentour.

Claudie hausse les épaules, lance un dernier regard chargé de colère vers la roulotte, et s'en retourne à l'intérieur, suivie de près par le gros chien noir.

Justin déambule sans but dans les goulajous, ruelles couvertes et pavées, du vieux Joyeuse. Il fait encore frais ce matin mais l'homme ne sent rien ou s'en fiche éperdument. Accaparé par ses pensées, il chemine à grands pas, son long manteau déployé dans le dos, le nez sur ses chaussures, indifférent aux rares passants qu'il croise.

Le vieux garagiste a raconté son histoire, à coup de murmures soulagés, mais il semble proche de la fin, maigre comme un squelette, faible comme un fétu de paille, le corps secoué d'une toux incoercible.

Ce n'est pas tant ce qu'il a pu dire qui inquiète le grand échalas. Non, il a confirmé ce que Justin soupçonnait déjà.

Ce sont plutôt les faits récents, l'enchaînement de détails épars dans le village qui, mis bout à bout, réveillent l'alarme naturelle, si sensible, de l'enquêteur.

Battant le pavé, il essaie de mettre de l'ordre dans ses prémonitions, tournoyant dans les venelles, tel un bison nerveux.

La voix de Kali - 3

Bien avant ta naissance, Petite, je me cherchais un nouvel Implacable.
Car les deux autres peuvent exister avec moi jusqu'à l'infini, mais pas le troisième.
Son temps est déterminé par la force de sa Vie.
Lorsque ton père croisa ma route.
L'homme que tu devines à tes côtés est ton père, redevenu simple mortel.
Pour lui, le temps est venu de disparaître totalement.

Je te vois et je crois le voir ce jour-là,
Ce même visage, ces mêmes yeux sombres.
Mais toi, tu ne pourras jamais le remplacer.
Pour cela il eût fallu que tu arpentes de sombres chemins,
Ces Implacables-là sont très puissants, ils agissent vite.
Mais ils sont trop impatients.

Ou il te faudrait devenir un être vide, un peu
à la manière de ton ami chevelu.
Mais ils ne durent pas,
Rattrapés par leurs démons intérieurs.
Ou encore quelqu'un à l'âme pure,
Empli d'un amour inconditionnel mais assoiffé
de justice.
Ceux-là sont rares, extrêmement rares,
Car la Vie, pauvres mortels, vous pourrit
chaque jour un peu plus.

Je croisais le chemin d'Angel Corsi.
Un homme combatif et âpre au labeur,
Capable du pis et du meilleur,
Une âme noble malgré sa destinée tragique,
Parce qu'il vous est impossible de choisir
votre arrivée.

Certaines personnes naissent avec des
destins complexes.
Ce fut le cas pour Angel, et voici son histoire,
ses souvenirs.
Puissent-ils te soulager le cœur.

Sinon, alors, nous nous retrouverons,
Peut-être, un jour,
Toi et Moi.

IV

Un mardi après-midi de mai.

Après son repas en compagnie de Cerbère, Claudie décide d'aller faire quelques courses au supermarché. Même si elle n'a pas bien loin à aller pour faire le plein, cette partie de son quotidien a toujours été une corvée. Elle ne comprend pas les gens qui se régalent à parcourir les allées des centres commerciaux. Pour sa part, elle préfère, et de loin, faire le tour des commerces de proximité. Mais aujourd'hui, elle n'a pas la tête à cheminer tranquillement dans les rues du village. Elle pourrait attendre le marché du lendemain, mais certains produits indispensables ne sont présents que dans les rayons de ces magasins démesurés.

Rapidement, il lui faut éliminer la corvée afin de profiter du reste de la journée pour visiter son frère. Elle a trop repoussé la conversation qu'elle veut avoir avec lui. Il est temps qu'ils discutent sérieusement. Elle profitera donc de la proximité du chantier avec le parking du supermarché pour coincer son frangin, dans sa maisonnette. Et tant pis si elle dérange. S'il avait un téléphone portable, comme tout le monde, elle pourrait convenir avec lui d'un autre moment. Mais son frère est décidément un sauvage.

Claudie sourit enfin : elle pourra aussi annoncer le retour de Cerbère, car John, tout comme elle, adore ce chien singulier.

Convaincue d'avoir raison et ne voulant pas laisser s'échapper sa belle motivation, elle attrape ses clefs de voiture et jette un dernier regard au molosse qui s'est couché sur la terrasse, tel un sphinx, son pelage luisant sous les rayons du soleil de printemps. L'animal semble lui signifier qu'il restera là, gardien de sa maison, même s'il fait un petit somme. Claudie secoue la tête, sourit, et s'en va vers sa voiture.

Jetant au passage un regard vers la roulotte incongrue et toujours close, la jeune femme manœuvre pour remonter la rue, et roule à peine deux kilomètres avant de se garer devant le supermarché. Il y a aujourd'hui beaucoup de places vides, la saison touristique n'attaquant véritablement qu'en juillet. Claudie agrippe un caddie et se précipite dans le magasin. Elle louvoie dans les allées essentielles, se contentant de produits basiques. Plus loin, il y a un primeur chez qui elle prendra des fruits et des légumes, biologiques et locaux, bien plus appétissants que ceux du supermarché, calibrés et nettoyés aux pesticides. Elle ne regarde personne et n'est pas

d'humeur à discuter le bout de gras, voulant évacuer rapidement sa corvée ; elle baisse la tête comme un taureau prêt à charger et se dépêche d'atteindre la caisse la plus proche...où elle tombe sur la brave Brigitte Pichon.
Claudie gémit en silence.

Brigitte, qui fut autrefois la dame de compagnie de sa grand-tante Alice, s'est toujours montrée présente quand Claudie en avait besoin ; un peu comme une cousine bienveillante. Mais si Brigitte est adorable, c'est aussi une incorrigible pipelette. Et aujourd'hui, la jeune femme n'a vraiment pas la tête à tout supporter.
Constatant qu'elle ne peut plus reculer, elle se prépare mentalement à subir la logorrhée de son amie et prend son courage à deux mains, affichant un grand sourire factice. Les bouclettes frétillant de joie, Brigitte l'a vue et lui fait de grands signes en agitant ses bras maigres.
—Claudie ! Houhou ! Tu vas bien ? Je te croyais à Montpellier !
—Finalement, je n'y suis pas allée... Les dédicaces ont été repoussées. J'irai plus tard, quand la maison d'édition me fera signe.
—Ah c'est vrai parfois, on ne décide pas tout ! enchaine Brigitte. Ohhh j'aimerais tant que mon Hervé m'emmène quelques jours à Montpellier... C'est une si belle ville, ajoute Brigitte en joignant les mains comme pour une prière. Et tous ces beaux magasins...

—Ouais, ben moi je trouve qu'il y a trop de monde et trop de bruit, ronchonne Claudie. Puis, pour changer de sujet : Alors, quelles sont les nouvelles ? Et toi, comment vas-tu ?

—Oh moi très bien ! Comme une vieille ! Je commence à avoir des douleurs dans les articulations maintenant. C'est l'arthrose tu comprends… Tout se déforme. Bientôt je ne pourrai même plus me chausser : j'ai les orteils qui partent dans tous les sens, c'est horrible ! ajoute Brigitte en mimant une douleur intense, le regard sur ses chaussures.

Claudie fait la grimace et se mord la lèvre. Elle n'a pas du tout envie d'imaginer les pieds de la brave Brigitte, cela la dégoûte. Elle n'aurait jamais pu être infirmière, ni podologue d'ailleurs, professionnels qu'elle érige au rang de saints. Comment peut-on tripoter le corps des autres, des corps parfois sales, puants, déformés, dégradés, couverts de plaies ? Cela lui reste un mystère.

—Mais j'ai une bien triste nouvelle à t'annoncer…reprend Brigitte, le visage soudain contrit.

Claudie se rapproche, tout ouïe.

—Notre gentille Lucie est très malade, chuchote la dame de compagnie. Elle a pris froid depuis deux jours et ne quitte plus son lit. Après avoir soigné ta tante pendant des années, je reprends du service pour elle, bénévolement. Je lui concocte de bons petits plats, réconfortants. La pauvre n'était déjà pas bien épaisse mais si tu la voyais maintenant, on dirait un squelette ! J'y vais tous les jours, elle me fait tant de peine, toute seule dans cette grande maison.

Claudie imagine que la gentille Brigitte est certes serviable mais qu'elle saoulerait un régiment, alors une malade... Mais elle se maudit brusquement, inquiète, forcément, de la santé de sa presque voisine.

Lucie Chauvet sera bientôt centenaire, le moindre pépin de santé pourrait lui être fatal, elle, si menue, et sans famille proche. Un personnage incontournable du village pourtant, brillante par son esprit vif et sa mémoire infaillible de l'histoire de Joyeuse et de ses habitants. Elle est souvent consultée par Justin au cours de ses enquêtes, car elle connaît toutes les histoires et les vieux ragots. Elle vit depuis toujours dans une grande maison, dans la même rue que Claudie, et ses armoires renferment des milliers de photographies, témoins muets des évènements locaux.

—C'est bien triste, ce que tu m'annonces, soupire la jeune femme. Personne ne m'a prévenue... Pauvre Lucie. J'irai la voir tout à l'heure, après mes courses.

—Oh mais non, tu ne peux pas, l'interrompt Brigitte en lui attrapant le bras. Le docteur l'a défendu ! Il n'autorise les visites que le matin ! Ne me demande pas pourquoi, c'est un jeune docteur de la ville, avec des nouvelles méthodes mais franchement, hein, qu'est-ce que ça change ? Bon enfin c'est comme ça. Moi, au début, je me suis cassé les dents sur la porte, surtout qu'ils ont mis une jeune fille pour la surveiller toute la journée ! J'ai pris une de ces colères ! Comme si je ne pouvais pas le faire, moi ! Et elle n'est pas bénévole, comme moi ! Ça doit coûter une fortune à la pauvre Lucie toutes ces heures... La garde-malade s'appelle Cerise ! Non mais quelle idée ! De nos jours, on entend de ces choses ! Qui a envie d'appeler son enfant avec un nom de fruit ? Et pourquoi pas l'appeler Courgette tant qu'on y est ? C'est joli aussi Courgette, ça sonne bien à l'oreille, non ? Franchement ! Les gens oublient que leurs petits grandissent un jour ! Qui a envie de s'appeler Courgette à vingt ans ? Mais quelle idée ! Moi, c'est bien simple ça me révolte ! En même temps, je me dis que je deviens vieille à m'énerver pour toutes ces choses ridicules... Bon mais où j'en étais moi ?

—Tu me parlais de Lucie...

—Ah oui, la pauvre. Elle est bien fragile maintenant si âgée. Le docteur dit qu'elle a attrapé un mauvais virus, mais tu connais le dicton comme moi : on guérit des virus en sept jours avec les médicaments et en une semaine sans médicaments, assène la brave Brigitte en secouant ses bouclettes.

Claudie fait la moue, sonnée par la conversation. Brigitte reprend son flot :

—Mais ne t'inquiète pas, si Lucie est fragile, elle n'est pas mourante. Elle a quand même eu la force d'exiger que ce soit moi qui lui fasse ses courses et sa cuisine ! Tu comprends, la jeunette, la Cerise, elle ne doit pas bien cuisiner comme moi. Sûr que ce ne sont pas des pâtes et des pizzas qui pourront la remonter ! Les jeunes filles ne savent plus cuisiner ! De notre temps, c'était la première chose que nos mères nous apprenaient et nous avions même des cours au collège et au lycée, pour celles qui y allaient ! Mais maintenant…regarde nos jeunes qui se nourrissent de plats tout prêts, trop salés et sans vitamines ! Et puis je n'invente rien, même à la télé, ils le disent sans arrêt. La « malbouffe » comme ils l'appellent ! Mais moi, je suis de l'ancien temps, alors… Notre Lucie est encore gourmande et elle a bien raison, mes petits plats l'aideront à se remonter !

Dans la queue devant la caisse, des têtes se tournent en entendant les paroles de Brigitte et certains regards les dévisagent de façon peu amène. Claudie rentre la tête dans les épaules et chuchote :

—Mais elle a quoi comme symptômes ?

—Oh tu sais, de la fièvre, bien sûr, et puis un peu le nez qui coule, mais surtout une toux terrible qui ne passe pas. Ce n'est pas la grippe, parce que ce n'est plus la saison, mais une espèce de virus dans le même genre. Et ce n'est pas contagieux. Le docteur n'a pas l'air très inquiet, ces docteurs de la ville quand même, ils sont comme blasés tu vois. Celui qui s'inquiète beaucoup, c'est trop chou d'ailleurs, c'est notre ami Justin. Figure-toi que tous les soirs, je dois lui faire un petit compte rendu de ma visite, au téléphone. Mais je ne peux pas dire qu'il pose beaucoup de questions. Il écoute mes remarques puis il raccroche ! Il est terrible ce Justin... Mais quand même, c'est l'un des rares à prendre de ses nouvelles. Comme quoi, faut se méfier de tout le monde qui te sourit bien devant mais se fiche de toi comme de sa première chemise au premier pépin. Si c'est pas malheureux...

Claudie fulmine.

Elle a croisé le poulpe la veille et il n'a pas jugé important de la mettre au courant. Ce type est vraiment infernal ! Elle ne se gênera pas, à la prochaine occasion, pour lui sonner les cloches.

—Donc je peux y aller demain matin, par exemple ? reprend Claudie.

—Tout à fait. Tu feras la connaissance de notre charmante Cerise ! Moi j'accompagne mon Hervé à la jardinerie. Figure-toi que tous les matins je retrouve un rat mort devant ma porte ! C'est épouvantable ! Ils peuvent transmettre des maladies ! Et c'est la même chose pour ma voisine. Faut dire qu'il y a trop de chats errants dans le village. Mais que fait la mairie ? A la jardinerie, il y a des répulsifs. Hervé est remonté comme un coucou, il parle même d'installer des pièges ! Ah ça non, quand même ! Mais il faut faire quelque chose avant que je devienne folle. Mon pauvre paillasson... Mais où j'en étais moi ? Ah oui ! Notre chère Lucie, demain. Comme ça tu verras la Cerise et tu me diras si tu penses que ce prénom lui convient, parce que franchement, non mais quelle idée…

Bien décidée à ne pas en entendre davantage sur le combat de Brigitte contre les prénoms malheureux, et à fuir l'ambiance devenue hostile autour d'elles, la jeune femme coupe son amie sans délicatesse en récupérant ses achats :

—Très bien, je t'écouterai. J'irai demain. Passe une bonne journée Brigitte !

Et elle ressort bien vite sur le parking, inspirant une grande goulée d'air printanière. La Brigitte lui a collé une sacrée migraine. Claudie ne comprend pas bien, non plus, pourquoi les visites sont limitées au matin, mais elle n'a pas envie de relancer la brave femme sur le sujet. Brigitte semble particulièrement en forme.

Claudie fonce chez le primeur, le front soucieux.

Après avoir rangé l'ensemble de ses courses dans le coffre, la tête farcie de pensées pour sa voisine malade, Claudie se décide quand même à suivre son programme initial et à visiter son frère. Est-il au courant, lui, de la santé de Lucie ? S'il le savait, lui en aurait-il parlé ? Claudie n'est pas certaine de la réponse. Tout comme Justin, son frère a parfois de drôles de priorités.

Elle verrouille sa voiture et descend vers la place de la Grand Font, voisine du supermarché. Marchant d'un pas rapide, elle traverse la grande étendue circulaire de terre battue - ombragée de hauts platanes et accueillant les deux cafés historiques du village - pour s'engager dans une petite ruelle piétonne, sinueuse et étroite. Avançant, perdue dans ses pensées, elle déambule lentement jusqu'au bout de la ruelle du Moulin. Là, juste avant une petite descente raide vers la passerelle de béton qui traverse la rivière de Labeaume, il y a une dernière maison, celle de son frère, maintenant.

Devant les lieux, bien trop calmes, Claudie hésite, parce qu'il n'y a aucun signe de vie. Même la voiture cabossée de son frère n'est pas garée dans la petite allée. Visiblement, John n'est pas sur son chantier. « Mais où peut-il bien être ? » se demande la jeune femme en jetant son regard de tous les côtés.

Elle pourrait demander à la voisine, qu'elle connaît, si elle a vu son frère ces derniers temps. Mais Claudie se retient. Elle s'en veut de pister John comme une mère poule. Et se demande si elle ne l'étouffe pas, parfois, de tant de sollicitude ? Cette pensée lui fait soudain horreur.

Claudie fronce les sourcils et avise un mouvement furtif derrière les baies vitrées fraîchement posées. Pleine d'espoir, et de curiosité, elle actionne le loquet du portail en bois et s'avance avec précaution pour ne pas tomber dans les gravats. Mais elle s'immobilise aussitôt : il y a bien quelqu'un dans la maison, qui s'agite en tenue de travail, mais ce n'est pas son frère.

Lui si fin et blond comme les blés est reconnaissable de loin.

A la place, c'est un autre homme qui s'active, les cheveux drus et noirs, le corps à la peau hâlée, luisant de sueur. L'inconnu se dandine, ses outils à la main, au son de la musique s'échappant d'un vieux transistor posé au sol. Claudie recule comme prise en faute, heureuse de ne pas avoir été démasquée en flagrant délit d'indélicatesse, et revient sur ses pas, avec moult précautions. Plantée devant le portail, sur la route, elle hésite car force est de constater qu'elle n'a rien à faire là. Elle ne connait pas l'ouvrier mais en conclut que John n'est pas seulement accaparé par ses travaux...

« Mais que fait John ? »

Un soupçon d'inquiétude toute fraternelle vient lui chatouiller l'esprit.

Le vieux fossoyeur rentre chez lui à pas lents. Il se sent très fatigué depuis quelques heures. Et surtout, il est inquiet. Cette nuit encore, le même manège au cimetière.

Mais personne ne veut l'écouter.

Il a averti ses collègues mais ils sont submergés de travail et ils ne vont pas perdre leur temps à surveiller d'éventuels gamins qui s'amusent la nuit dans un cimetière, sans rien casser.

Il s'est adressé à la femme qui a repris la maison de la vieille folle. Elle est journaliste et elle a déjà éclairci certaines affaires dans le coin. Et pour sûr, cette histoire devrait l'intéresser. Mais elle n'a pas semblé accrocher…

Et pourtant ! Il y en aurait des choses à dire sur ce cimetière !

Il n'aime pas beaucoup dire du mal des gens, et encore moins des morts, mais il se souvient très bien de cette épouvantable nuit d'orage, il y a plus de trente ans, et des deux vieilles qui creusaient sous la pluie. A l'époque, il avait fermé son clapet, il était nouveau, elles étaient respectées, il ne voulait pas perdre sa place.

Il lui reste un dernier espoir même si cela le rebute : il va en toucher un mot au type bizarre, là, le Justin Petithomme. Sûr que lui, il l'écoutera avec attention. Mais pas aujourd'hui, car il est trop fatigué…

La voix de Kali - 4

Tout commence par la naissance.
Angel naquit dans une famille pauvre,
Trop d'enfants, d'alcool et de malheurs.
Quelques fois des coups aussi,
Et toujours des cris.
Petit dernier de la fratrie,
Il voyait tout, sans comprendre.
Les frères aînés trafiquaient avec le père.
Les sœurs parlaient mariage avec la mère.
Le petit rêvait d'autre chose.

Chez lui, il n'y avait pas de livres,
Et l'école n'était pas une obligation.
Le foyer familial ne voulait rien dire,
Les Corsi vivaient avec les autres, en
permanence,
Ceux comme eux, dans une cité quelconque.
Mêlés, emmêlés dans leur harmonie bruyante.
C'était le clan qui importait toujours,
Le reste n'existait pas.
Ils étaient un petit état dans l'Etat,

Avec leurs propres lois, leur propre culture.

Personne ne travaillait vraiment mais l'argent rentrait,
Pour nourrir toute la communauté.
Trafics, contrebande, cambriolages...
Seuls les meurtres et la traite d'humains n'étaient pas autorisés.
Cette vie de hors-la-loi convenait à tous, petits et grands,
Mais Angel se posait beaucoup de questions.
Et personne ne pouvait lui répondre.
Seul dans la multitude, déjà rempli de colère.

Combatif mais désœuvré, il devint rapidement un leader.
Plus intelligent, plus imaginatif que les autres,
Mais surtout plus cruel,
Habité de rage.

V

Un mercredi matin de mai.

Le jardin s'éveille couvert de fines gouttelettes de pluie, après l'orage de la nuit. La température extérieure a chuté mais le ciel reste immensément bleu sans aucun nuage à l'horizon.

Claudie sourit et se détourne de la fenêtre : elle doit s'habiller car ce matin, il y a le marché. Avant, elle passera chez sa voisine, Lucie, prendre de ses nouvelles. La jeune femme enfile ses bottes fourrées, pressée par Cerbère qui patiente sans bouger devant la porte. Ce matin, personne ne l'attend devant son portillon, et mentalement, elle lâche un soupir de soulagement. La roulotte n'a pas bougé de place mais elle semble vide, pas le moindre frémissement derrière les rideaux rouges. Claudie hausse les épaules et continue son chemin, tirant son chariot de courses à roulettes. Cerbère trottine à ses côtés. Elle est heureuse et avance d'un bon pas sur l'asphalte.

Elle avise le vieux monsieur qui bine dans le verger derrière, son voisin le plus proche, et le salue d'un grand geste du bras, tout sourire. Au sommet des hautes futaies, les oiseaux pépient joyeusement, la plus belle musique qui soit. Partout la nature renaît de l'hiver en une multitude de bourgeons et de verts dégradés. Parfois, la jeune femme aimerait être douée de ses doigts et pouvoir peindre ce beau paysage, qu'elle aime chaque jour un peu plus.

En quelques minutes, Claudie se retrouve devant la porte de Lucie et après une brève hésitation, sonne d'un doigt résolu. A l'étage, une fenêtre s'ouvre enfin, puis apparaît le visage rond d'une jeune fille.

« La fameuse Cerise ».

—C'est pour quoi ? demande la gamine d'une voix traînante.

Après s'être présentée, Claudie patiente tranquillement devant la vieille porte en chêne qui s'ouvre enfin. La jeune Cerise n'a pas vraiment le profil type de l'aide-soignante : un piercing au sourcil et un autre dans le nez, les cheveux dans un semblant de chignon, vêtue d'un jean et d'un pull trop grand qui lui découvre une épaule. Claudie hausse un sourcil mais ne dit rien et suit la jeune fille dans les escaliers raides. Le chien a décidé de continuer son chemin. Cerbère ne rentre que dans certaines maisons.

—Elle sera contente, dit Cerise. Elle vient de se réveiller. Le matin, elle est toujours en meilleure forme que l'après-midi.

« Voilà qui explique les visites exclusivement le matin… »

Les deux femmes débouchent au premier dans le grand salon blanc que Claudie connaît bien. Mais sur la gauche, il y a une porte que Cerise ouvre avec délicatesse en annonçant :

—Madame Chauvet, vous avez de la visite.

Claudie s'avance vers le grand lit et essaie de ne pas montrer combien elle est choquée par la frêle silhouette qui émerge à peine de l'édredon cotonneux. La vieille institutrice semble entièrement noyée sous le duvet vaporeux, son visage affichant un discret sourire à la vue de sa visiteuse.

—Oh Claudie, comme c'est gentil de venir me voir, ma chère enfant.

La garde-malade avance une chaise près du lit puis s'éclipse discrètement, laissant la porte entrouverte. Claudie lance un merci et se fait la réflexion que cette Cerise, malgré son aspect négligé, est bien délicate. Elle secoue la tête, se fustigeant elle-même d'avoir douté de ses qualités professionnelles sur les seules paroles de Brigitte Pichon.

Assise au chevet de la malade, tout à coup, elle ne sait que dire. Claudie n'a jamais été très douée pour engager la conversation.

Elle serre le plus délicatement possible la petite main légère qui s'échappe des édredons et reste ainsi penchée vers le visage fatigué, les larmes aux yeux.

—Elle a l'air très bien cette jeune fille qui vous soigne, commence-t-elle, chuchotant presque.

—Oh oui. Elle est adorable ! s'exclame Lucie d'une voix ferme, au grand soulagement de sa visiteuse. Elle prend bien soin de moi.

—Bon. Et comment vous vous sentez ? Que dit le médecin ?

—Oh rien de grave, de la fièvre et une vilaine toux parfois. Mais cela va passer. Le médecin est un jeune homme tout à fait charmant et bien gentil. Il passe tous les jours, tu te rends compte ? On dit bien souvent du mal de nos nouveaux médecins, mais celui-ci est très bien. Ne t'inquiète pas, ma petite Claudie, c'est juste un mauvais rhume qui va passer. Mais assez parlé de moi. Alors ta visite à Montpellier ? Tu as pu faire tout ce que tu voulais ?

—Finalement, l'évènement a été reporté…

—Oh ! Quel dommage. Tu n'es pas trop déçue ?

—Non, pas vraiment.

—Quand vas-tu partir alors ? redemande l'institutrice.

—Je ne sais pas. Aucune date n'a été fixée pour l'instant… Et je suis bien ici. La grande ville et toute cette agitation ne m'attirent plus vraiment.

—Ah ah, Claudie, tu parles comme si tu avais mon âge, hoquette la malade se retenant de rire.

Claudie sourit.

—Ne change rien, tu es très bien comme ça, conclut la vieille dame en tapotant la main dans la sienne.

La jeune femme a soudain les larmes aux yeux. Cette chère Lucie si gentille, qui est malade, et qui console ses visiteurs, c'est le monde à l'envers ! La malade toussote dans sa petite paume frêle puis reprend, l'œil pétillant :

—Alors vous en êtes où de vos recherches, ton frère et toi ?

—Nulle part, répond la jeune femme en soupirant. Faut dire qu'on ne s'active pas trop et en même temps, où chercher ? Entre mon frangin qui ne pense qu'à son chantier de rénovation, et moi qui planche sur mon futur bouquin...

—Et tu vas écrire sur quoi cette fois ?

—Probablement sur les « Tueurs fous de l'Ardèche ».

—Evidemment. Cela fait un peu partie de ton histoire aussi. Tous ces jeunes gens, les hippies comme on les appelait, venus s'enterrer dans ce hameau perdu de Rochebesse pour leur retour à la terre, et qui ont mal tourné... Quelle tristesse.

—Faut dire que la vie devait y être difficile.

—Oui, sur les hauts plateaux ardéchois, tu as la sècheresse l'été et la neige et le froid l'hiver. Ils devaient tirer le diable par la queue. Mais ça n'excuse pas leurs actes.

Claudie se remémore tout ce qu'elle a trouvé sur cette histoire peu glorieuse dont les racines se trouvent en Haute Ardèche, dans les montagnes. Fin des années soixante, un groupe de jeunes gens en révolte contre le système, se revendiquant anarchistes et prônant le retour à la terre, avait décidé de s'installer à Rochebesse, hameau abandonné d'Ardèche, afin de tout reconstruire et de subvenir eux-mêmes à leurs besoins. A leur tête, un certain Pierre Conty, charismatique et parlant bien. Le groupe avait fait l'objet de plusieurs reportages à la TV, où il y expliquait qu'ils vivaient simplement de leurs cultures et de leurs troupeaux, loin des villes et de la surconsommation, leurs enfants élevés au grand air. Mais au bout de quelques années, il avait fallu encore plus travailler, ils étaient de plus en plus nombreux et leur exploitation ne rapportait pas assez à la communauté. Ils décidèrent alors de cultiver des terres abandonnées, sans demander l'autorisation des propriétaires ; ils empruntèrent même parfois le matériel des paysans voisins. Bref, le ton montait dans les hameaux alentour, les paysans locaux voulaient qu'ils partent. Le maire de Rochebesse entreprit de leur envoyer les huissiers. Tout le monde était contre eux. Ils tenaient bon, mais ils survivaient difficilement. Bizarrement, aux alentours, il y eut alors des cambriolages. D'abord chez des particuliers absents, puis dans des commerces et enfin des bureaux de poste. Jusqu'à cette funeste année de 1977 où la banque de Villefort fut attaquée. Après le casse, les trois cambrioleurs furent pourchassés par les gendarmes. Dans leur fuite, ils tuèrent un représentant des forces de l'ordre et plus loin, deux civils, pour voler leur voiture. L'affaire avait ému toute la France et duré plusieurs semaines.

Finalement, deux des protagonistes furent arrêtés, mais le troisième, Pierre Conty, n'avait jamais été retrouvé. Encore aujourd'hui, nombreux se demandaient s'il était toujours de ce monde.

—Non. La violence et le meurtre ne sont pas les meilleures solutions contre la misère, même si l'on est désespéré, soupire Claudie.

Les deux amies se taisent, comme recueillies sur leurs pensées. La jeune femme observe du coin de l'œil, la vieille dame, qui semble très loin de la grande faiblesse que lui a décrite Brigitte. Celle-ci poursuit ses réflexions :

—Mais vous n'abandonnez pas ?

—Non, bien sûr. Justin vient de découvrir que Clodomir savait pour l'accident de voiture. C'est lui qui a demandé au garagiste de venir récupérer l'épave, après avoir aidé à enlever ma mère. Mais pourquoi ? Quelle importance avait cette voiture ? Et qu'a-t-il fait du corps de mon père ?

—Il ne l'a peut-être pas vu.

Lucie semble réfléchir avant de relancer :

—Tu sais, de mon côté, j'ai beaucoup pensé à ce que Théa avait écrit quand elle parlait du corps de ta pauvre mère.

—Théodora Baswell, la sœur schizophrène, témoin silencieux du meurtre de ma mère… murmure Claudie.

—Ce n'était pas un ange non plus. Sa sœur, Isabel, avait toute sa tête, elle, mais je ne suis pas certaine qu'elle était la pire des deux.

Le silence se fait à nouveau dans la chambre de vieille fille, seulement rythmé par le tic-tac de l'horloge dans le couloir. Puis la vieille dame reprend :

—Je me suis imaginée à leur place le jour où elles ont déplacé le corps de ta mère, pour le cacher ailleurs que dans leur jardin qui s'inondait régulièrement. Elles devaient déjà avoir atteint la cinquantaine, je pense. Alors, à cet âge, tu n'es pas une frêle créature comme moi, mais quand même, tu n'as plus la force de tes vingt ans. Et il pleuvait fort aussi, Théa le décrit comme un déluge qui oblige à déplacer le cadavre enterré, parce que les eaux de la rivière risquent de l'emporter.

—Oui, je vois où vous voulez en venir : les conditions n'étaient pas les meilleures pour leur entreprise funeste.

—Et de plus elles n'avaient pas de voiture, donc elles ont fait leur macabre affaire à pied.

—Et donc elles ne sont pas allées très loin de chez elles…termine Claudie.

—Exactement ! s'exclame la vieille dame, soudain secouée d'une violente toux rauque.

C'est un véritablement déchirement d'entendre alors les sons poussifs agiter la poitrine frêle de la vieille dame. Claudie attend mais s'inquiète, la vilaine toux ne passe pas. La jeune Cerise fait son apparition et apporte un grand verre d'eau et du sirop. Lucie se laisse soigner et retrouve son calme, s'appuyant, épuisée, sur ses coussins brodés. Claudie se demande si ce n'est pas le moment pour elle de s'en aller et de laisser la vieille dame se reposer mais elle n'ose pas bouger. Cerise est repartie au salon comme si de rien n'était.

« Ce doit être normal alors ».

Les minutes s'égrènent dans le calme, l'horloge sonne les onze heures dans le couloir. Claudie repense à ce qu'elles viennent de conclure et réfléchit aux endroits possibles proches de la maison des Anglaises, endroits discrets et isolés. Mais rien ne lui vient à l'esprit. Les meurtrières habitaient au centre du village, près de la rivière. Elles n'auraient pas pu aller enterrer le corps sur l'autre rive, plus sauvage, car les eaux, qui avaient fortement monté, les en empêchaient.

« Elles sont forcément venues de ce côté du village, mais pour aller où ? » se demande la jeune femme.

Elle imagine un lieu vide et isolé, très calme, susceptible de ne pas être modifié dans le temps, comme un parc ou une culture, non constructible. Et rien de tout ceci ne correspond à ce qu'elle connait aujourd'hui. Il lui faudra en toucher un mot à Justin, il a toujours vécu à Joyeuse, il aura peut-être une réponse.

Elle hausse les épaules mais n'ose toujours pas parler.

A ses côtés la vieille dame semble endormie et son petit visage fané retrouve peu à peu des couleurs.

Claudie ne bouge pas sur sa chaise et détaille la chambre avec curiosité.

Elle remarque que les meubles sont aussi anciens que chez elle : un grand lit sculpté, une belle armoire marquetée, une petite coiffeuse dans un coin et deux chevets assortis en chêne. Les luminaires sont couverts de perles et de pompons ; un décor suranné, assorti à la tapisserie couverte de fleurs roses et de rubans. Aux murs, quelques aquarelles de Lucie, un peu fanées, et des crucifix au-dessus du grand lit et de la porte. Ça sent le bois ciré et la lavande. Dans le couloir, l'horloge égrène toujours son tic-tac sonore.

La petite coiffeuse croule sous les figurines tarabiscotées en porcelaine. Il y a un couple de musiciens qui jouent de la flûte, puis une jolie fermière avec sa robe évasée, et enfin une jeune fille aux longues tresses s'amusant avec des chatons. Claudie détaille les figurines avec attention, se gardant bien de les approcher de peur de les faire tomber. Elle laisse son regard errer sur chaque élément de décoration de la pièce en souriant. Tout semble délicat et fragile, comme la propriétaire des lieux.

Sur le chevet, à côté d'elle, se trouve une sculpture en bois sombre qui dénote un peu avec le reste. En bois brut, on devine une femme stylisée au visage sans traits ; le corps fin à la poitrine à peine dessinée et la taille étroite, est recouvert d'une longue robe et d'un manteau qui dessine ses bras tendus. Une grande douceur émane de la statue. Avec moult précautions, Claudie la prend en main et caresse la surface polie, douce au toucher. Elle retourne l'ouvrage en tous sens, cherchant une signature.

—Tu admires ma petite vierge ? chuchote Lucie, les yeux entrouverts.

—C'est une vierge ? Claudie hausse un sourcil. Elle est belle, le bois est doux. Mais c'est moderne comme facture, je n'aurais pas cru que vous aimeriez ça.

—Mais c'est un cadeau. Un cadeau très particulier d'ailleurs...

Claudie interroge la malade du regard. Les yeux de la vieille dame se mettent à pétiller.

—D'abord ma petite Claudie, tu dois me promettre une chose.

—Oui ?

—Surtout, tu n'en parles pas à Justin. Enfin pas tout de suite. Tu sais comment il est...

Claudie hausse les épaules, prête à tous les caprices pour assouvir sa curiosité. C'est bien la première fois que Lucie lui demande de ne pas mettre le poulpe dans la confidence ; d'ordinaire c'est plutôt l'inverse.

—Un matin, reprend la malade d'une petite voix, d'ailleurs c'est le jour où j'ai pris froid, donc dimanche, je me lève et mon premier réflexe est d'ouvrir grand ma fenêtre pour laisser entrer le bon air du dehors. Eh bien ce matin-là, cette petite vierge était posée sur le rebord de ma fenêtre, toute droite et bien tournée vers moi, comme pour me faire un bonjour matinal.

Claudie en reste la bouche ouverte, muette, comme un poisson mort.

—Je me suis demandé qui avait pu me faire cette blague, et je n'ai pas trouvé de réponse. C'est un peu bizarre, mais elle est tellement jolie, que je la garde près de moi.

Histoire à peine croyable.

Claudie ressent tout à coup une inquiétude profonde et observe la statuette en fronçant les sourcils, comme si l'objet semblait soudain malsain.

—Pourquoi ne pas vous la donner en main propre ?

—Je me suis posé la question. Mais je n'ai pas de réponse.

Claudie s'est levée de sa chaise et jette un œil par la fenêtre. Au-dessous, il doit bien y avoir six mètres jusqu'au sol situé deux étages plus bas, bien plus bas que la route qui passe sur le pont du Bourdary, juste à côté.

—Il faut une sacrée grande échelle pour venir vous déposer ça, et il y a toutes les ronces qui bloquent le passage… C'est un peu compliqué comme projet.

La vieille dame ne répond pas, elle observe Claudie avec un petit sourire en coin.

—Personne n'est venu vous rendre visite la veille ou ce matin-là ?

—Non, personne. Mais il doit y avoir une explication très simple, à laquelle nous ne pensons simplement pas. Ne te tracasse pas, ma petite Claudie, ce n'est pas important.

La vieille dame ne peut continuer ses explications car la vilaine toux rauque revient en force et la secoue à nouveau entre ses édredons vaporeux. Cerise entre dans la pièce à vive allure avec à nouveau un verre d'eau et le sirop. Claudie s'est levée se demandant s'il ne faut pas appeler le médecin. Mais Cerise la rassure :

—Ça va passer. C'est comme ça toute la journée…

Après plusieurs minutes trop longues, la toux cesse enfin et la vieille dame ferme les yeux, exsangue. Elle a juste la force de murmurer :

—J'ai encore une question.

—Oui ?

—Est-ce que Cerbère est revenu ?

Claudie est stupéfaite.

Elle n'a pas le temps de bredouiller la moindre réponse que la malade est à nouveau agitée par sa vilaine toux. Le déchirement pulmonaire semble durer éternellement et la jeune femme, paniquée à l'idée que son amie décède à l'instant, s'est redressée pour aller chercher Cerise. Mais une petite main frêle la retient :

—Claudie, je suis un peu fatiguée maintenant…

—Oui, excusez-moi, je m'en vais. Reposez-vous et je reviens demain matin.

—Va, et à demain.

Claudie regarde une dernière fois sa vieille amie et ressort à pas de velours de la chambre pour prendre congé auprès de la garde-malade qui, en cuisine, semble réchauffer l'un des petits plats de Brigitte.

Elle ose tout de même la questionner :

—Lucie vous a raconté comment elle a eu la sculpture posée à son chevet ?

—La petite vierge ? répond la jeune fille en fronçant les sourcils.

—Oui, celle-là.

—Elle était à la fenêtre, c'est ça ?

—Vous ne trouvez pas ça bizarre, vous ?

—Ben non, répond Cerise en haussant les épaules. Vous savez, ma grand-mère avait une pie qui lui déposait tous les jours quelque chose de cette façon. Elle a même eu droit à une bague en or ! Vous vous rendez compte ?

Claudie réfléchit et secoue la tête. Elle remercie la jeune fille et redescend l'étage le front soucieux. Lucie lui semble bien malade malgré la sérénité qu'affiche son entourage. Et cette petite statue, bien trop lourde pour une pie, ne lui dit rien qui vaille non plus. Quoi qu'en pense Lucie, il faudra en informer Justin.

Autre élément étrange : c'est bien la première fois que Lucie se soucie de Cerbère...

Claudie ouvre grand la lourde porte de chêne et s'arrête net sur le seuil : le fameux chien noir l'attend sagement.

La tête farcie de questions sans réponses, elle observe l'animal comme pour la première fois. Puis haussant les épaules, elle constate à sa montre qu'il est trop tard pour aller au marché. Pressée de rentrer chez elle et furax d'avoir loupé son marché, Claudie accélère l'allure, tirant son chariot vide, la cervelle en ébullition, suivie d'un Cerbère, docile.

Sous les ronces, devant les bâtiments en ruine qui bordent le grand pré voisin du cimetière, un gros chat roux darde ses pupilles vertes irisées vers les branches du murier. L'animal ne bouge plus, les muscles bandés, la queue en appui sur le sol, les oreilles droites et la patte avant gauche légèrement relevée. Il ne lâche pas du regard une corneille qui croasse, juste au-dessus de lui. C'est une grosse corneille, noire comme la suie, avec un bec dur et tranchant.

Mais le chat se moque des risques, il est prêt à bondir, dès que l'oiseau se posera devant lui, pour gouter aux insectes qui bourdonnent sur le cadavre d'une souris fraîchement tuée. Le piège est en place, le chat roux attend patiemment, sûr de son affaire.

La voix de Kali - 5

Dans le clan, les enfants peaufinaient leur
dextérité, par leurs rapines.
Et dans les bagarres ils apprenaient à être
hommes.
Le temps passant, ces petits devinrent plus
violents, plus dangereux,
Comme leurs ainés.
Angel suivait la meute.

A cette période, son géniteur se crut plus
malin.
Toute la famille déménagea dans une autre
ville,
Pour une autre cité aux mêmes codes.
Il y faisait juste moins froid, moins gris.
Angel devint là aussi, un leader.
La rage était toujours présente.

Un soir, le géniteur ne rentra pas.
Il avait cru pouvoir défier seul les puissants
Et le paya de sa vie.

La cité devint étrangement calme et silencieuse.

Les flics rôdaient, enquêtant sur le cadavre découvert non loin de là.

Angel ne pleura pas ce père.

Et il aima le calme.

Il comprit qu'un jour il partirait vivre loin de ce tumulte.

Mais ne le confia à personne.

Puis vint la tempête.

Les frères voulurent laver l'honneur du père.

Et ils connurent le même destin tragique.

Pour la mère ce fut l'effondrement.

Elle revint à Saint-Etienne, mais ils ne furent pas bien accueillis.

Le clan les méprisait ouvertement de ce coup d'état.

Pour Angel ce fut une période bénie.

Il passait ses journées hors de la cité, plongé dans les livres de la bibliothèque,

Le nez dans ses devoirs de collégien.

Il se découvrait avide de connaissance et de défis intellectuels.

Il restait malgré tout sous surveillance.

Et ne vit pas venir le danger.

VI

Un mercredi après-midi de mai.

Claudie ronchonne en lavant la vaisselle. Elle a manqué son marché du mercredi.

« C'est bien la première fois ! »

Elle aime tant déambuler dans les allées le long des étals, se laissant tenter par les produits sans liste prédéterminée. Et elle aurait bien cuisiné un petit poisson pour son repas de midi.

La jeune femme hausse les épaules et sort sa poubelle sur la terrasse. Au passage elle jette un œil vers la roulotte et manque rater une marche. La Péruvienne est plantée devant sa caravane et l'observe, la pipe fumante à la bouche et les mains sur les hanches, sans bouger d'un poil. Claudie ne sait pas si elle doit saluer cette voisine qui l'effraie à chaque fois. La vieille n'est pas revenue poser ses drôles de questions mais elle est toujours là, sombre et menaçante.

Elles s'observent quelques secondes puis Claudie hausse les épaules et se détourne.

Elle file travailler derrière son ordinateur. Il lui faut un peu avancer, elle ne peut pas traîner éternellement.

A l'entrée de la salle à manger, transformée en bureau, Cerbère attend, sagement assis sur les tommettes. Avec plaisir, elle plonge les doigts dans son épaisse fourrure sombre et caresse l'animal qui se laisse faire, les yeux clos. Elle voudrait bien que le molosse se décide à rester, pour toujours. Mais Cerbère ne fera jamais cela. Elle pourrait adopter un autre chien, à la SPA par exemple. Claudie fait la moue, peu convaincue d'en avoir un jour le courage, et s'assoit, prête à se concentrer. Tout en doutant d'y parvenir.

D'abord il y a son frangin, qu'il lui faut coincer. Puis il y a Lucie et sa toux, Lucie et ses questions bizarres, mais surtout la statuette…

Claudie secoue la tête et se penche sur son écran, fermement résolue à faire taire quelques heures toutes les voix qui hurlent dans sa cervelle. Elle commence par lire et répondre à ses mails. Elle voudrait se replonger dans ses écrits sur les « Tueurs fous de l'Ardèche », ce trio de copains avides de liberté et de fougue.

Claudie relit ses écrits et fait la moue.

Elle s'est penchée sur cette histoire tragique parce qu'au vu de leurs dernières avancées, ses parents biologiques auraient trouvé refuge quelque temps dans le hameau de Rochebesse et participé alors à la vie de la communauté. Mais pour une raison encore obscure, le couple avait précipitamment pris la tangente, descendant vers le Sud, où ils eurent un accident de la route. Angel, son père, est, depuis, toujours recherché par la gendarmerie, puisqu'aucun corps n'a été retrouvé. Mais sachant la facilité avec laquelle le rapt de sa mère resta secret pendant plus d'un an, la jeune femme conçoit qu'il est plus que probable que le cadavre de son père ait été enterré quelque part, en douce. Mais par qui ? Peut-être Clodomir ? Le vieux avait beaucoup de secrets.

Claudie a amassé une tonne d'articles et de renseignements sur cette fameuse affaire de braquage terminée en tuerie en 1977, et peu à peu elle les met en forme pour sortir un livre, comme elle l'a déjà fait sur les « oubliés de la Creuse ».

Mais aujourd'hui, ça ne vient pas.

Elle repense à la statuette de Lucie et le sentiment de malaise qu'elle a ressenti en prenant l'objet en main, revient à nouveau. Prise d'une soudaine inspiration, la jeune femme attrape une feuille et se met à dessiner la fameuse vierge, de mémoire. Elle n'est pas très habile mais se concentre laborieusement, tirant la langue, creusant sa mémoire visuelle comme une forcenée. Finalement le dessin lui semble assez ressemblant et elle se félicite elle-même en pensée.

La tête de John apparaît alors à la porte de la pièce. Claudie, qui ne l'a pas du tout entendu entrer, est soudain remplie de joie et de soulagement à sa seule vue. Elle se précipite vers lui pour le prendre dans ses bras. John reste silencieux et statique, peu habitué à ce type de contact entre eux, puis gentiment, il se libère et lui sourit. Cerbère s'est dressé avec calme sur ses pattes, et le jeune homme se penche vers lui pour une petite caresse.

—*Claudie, tu travailles ? Je veux pas déranger toi.*

—Mais tu ne me déranges pas ! Justement, je me demandais où tu étais passé !

John fronce les sourcils, le regard interrogateur. Claudie l'observe en détail et constate que les cernes bleutés sont toujours là. Il a le cheveu filasse et la peau grise. Non vraiment, son frangin ne respire pas la santé. C'est même de pis en pis.

—Ça fait deux jours que je te cherche. Je suis passée te voir, hier, sur ton chantier, mais tu n'y étais pas…

—*Oh yes. Je fais une course*, répond-il en souriant. Claudie voudrait savoir quelle course, mais elle se mord les lèvres.

—Je ne savais pas que tu avais un ouvrier.

—*Ouvrier ?*

—Oui, quelqu'un qui travaille avec toi sur la maison.

—*Oh no. C'est une amie. Il aide moi. Lui beaucoup le temps.*

Claudie est déçue que cet ami ne lui ait pas été présenté mais elle se fustige en pensée de réagir comme une mère poule. Comme ayant deviné ses pensées, John enchaîne, les yeux rêveurs :

—*Un jour je te présente. Il s'appelle Julien. Tu verras, très gentil.*

La jeune femme se demande soudain si son frère n'est pas amoureux.

« Ce serait le pompon ».

Elle aimerait bien à l'instant trouver un moyen d'aborder avec lui le sujet qui la ronge, mais là, en sa présence, elle se sent soudain indiscrète et irraisonnable. Alors elle se tait, ne sachant quoi faire pour rompre le malaise. L'autre ne la regarde même pas, trop occupé à caresser le chien toujours figé sur les tommettes. Pourtant, après quelques minutes, il se tourne vers elle :

—*Claudie, je passe pour parler, avec toi.*

La jeune femme se redresse, prête à entendre la suite, entre soulagement et terreur. Elle le laisse continuer. Mais il hésite, semble chercher ses mots.

—*Je vois toi faire le souci. J'ai raison ?*

—Oui je me fais du souci.

Puisque John lui en donne aujourd'hui l'autorisation, Claudie ne se fait pas prier pour étaler toutes ses inquiétudes :

—Tu comprends, tes crises de migraine sont de plus en plus violentes et rapprochées. Et puis regarde-toi dans un miroir, tu sembles épuisé. Il faut que tu voies un médecin, John. C'est urgent maintenant…

—*Yes, je comprends. Mais pas de problème, pour moi. Pas comme tu penses.*

Claudie fait la moue. Elle a déjà entendu ce petit discours. Mais elle n'est pas convaincue.

—Je vais te paraître dure, reprend-elle, bien décidée à aller au bout cette fois. Mais tu as pensé à une tumeur au cerveau, un cancer ?

John cherche ses mots, son vocabulaire est encore trop limité. Il hésite, semble lutter intérieurement avant de se décider brusquement :

—*Claudie, je peux pas bien expliquer. Tu faire trop inquiète. Pas de problème pour moi. Je veux plus parler ça. Je veux tu penses plus la maladie et toi et moi comme avant. Je veux toi rire maintenant. Un jour, tu comprendre.*

La jeune femme secoue la tête.

« Plus facile à dire qu'à faire, ce que tu me demandes ».

Cependant, elle a bien compris le message qui lui disait en substance « fous-moi la paix ». Seulement, cela sous-entend aussi que son frère a bien consulté quelqu'un. Sans l'en informer. Et si sa santé est bonne, pourquoi a -t-il cette tête de déterré ? Aurait-il d'autres soucis dont il ne veut pas parler ?

—Ok. Je t'entends. N'en parlons plus.

Elle se mord les lèvres de déception car elle sait d'avance qu'elle aura beaucoup de difficultés à faire comme si de rien n'était. Elle se sent frustrée d'être mise à l'écart. Mais il ne veut pas se confier. Elle doit respecter ses choix. Même si, à son idée, frère et sœurs sont liés et doivent s'entraider.

« Stop ! » se dit-elle mentalement.

L'autre ne dit plus rien, à nouveau affairé à caresser le chien qui ne bouge toujours pas. Claudie capitule :

—Tu veux un bon thé ?

—*Oui, je veux bien,* dit-il en se redressant.

Il s'approche de la grande table et y dépose son sac informe. Son regard traîne sur les papiers de sa sœur.

—*Oh mais tu dessiner ?*

Claudie sourit et laisse son frère observer son travail malhabile. Elle s'en va dans la cuisine lui préparer une tasse. Quand elle revient, il est totalement absorbé par la chose, les sourcils froncés :

—*Pourquoi tu dessiner ça ?* lui demande-t-il, l'air rageur.

—C'est une longue histoire. J'ai vu cette statuette étrange chez Lucie.

—*Chez Lucie ?* murmure John.

—Oui, j'y suis passée ce matin. Elle est malade. Tu le savais ?

—*No. Quoi malade ?*

—Une espèce de grippe… Bref, figure-toi que Lucie a trouvé cette petite vierge comme ça devant sa fenêtre. Mais la fenêtre est au moins à six mètres du sol. Je ne vois pas comment c'est possible.

John ne répond pas, comme hypnotisé par l'esquisse.

Brusquement, la voix de stentor du poulpe retentit dans la cuisine :

—Y a quelqu'un ?

—On est là ! répond Claudie après avoir sursauté.

La méduse passe la porte et reste planté sur les petites marches qui conduisent à la salle à manger, sa grande ossature maigre tenant toute l'ouverture. En silence il observe la scène à ses pieds : le frère et la sœur tournés vers lui, le chien noir, imperturbable, avachi sur le sol.

—Tiens ! Le voici enfin…

Ses lèvres minces s'étirent en un sourire énigmatique. Puis il disparait.

Dans la cuisine, on entend alors les placards s'ouvrir et la vaisselle s'entrechoquer. John s'est assis à la table, scrutant toujours le dessin, le front soucieux, tandis que Claudie range ses papiers. La méduse les rejoint avec son thé fumant et enchaîne directement :

—Je viens de croiser Brigitte. Le vieux fossoyeur est tombé malade, tout comme Lucie et le garagiste. L'épidémie se propage…

Claudie hausse un sourcil en regardant son ami.

—De quoi tu parles ?

—Mais de la fameuse grippe ! Qui rend fou.

—Fou ? Tu dis n'importe quoi. Lucie a bien toute sa tête. Et d'après Brigitte, ce n'est pas contagieux. Mince, j'y suis allée ce matin, moi !

—Mmm. Te bile pas.

—Tu as l'air bien sûr de toi. Depuis quand es-tu médecin ?

« Sacré Justin ! Il croit tout savoir, même en médecine ! »

Claudie secoue la tête et enferme ses notes dans une grande sacoche.

—Et tu as vu ? reprend-elle en souriant. J'ai de nouveaux voisins.

—Qui ça ?

—Mais la roulotte !

—Ah.

—La femme qui y vit doit avoir au moins cent ans, et elle me semble un peu étrange.

Justin éclate de son grand rire silencieux.

—Tu as peur ?

—Pas du tout ! Sauf qu'elle vient me poser des questions bizarres.

—Arrête de voir le mal partout, mademoiselle Chance.

Claudie fulmine en silence, réfléchissant à une réplique bien sentie mais les deux autres ne la calculent même pas, penchés sur son dessin maladroit. Un ange passe.

—C'est quoi ? demande le poulpe finalement.

—Une statuette posée sur le chevet de Lucie, répond Claudie, en hésitant.

Voilà, elle a lâché sa bombe. Décidément, elle fait une piètre menteuse et surtout une piètre amie, elle qui avait juré de ne pas en parler. Mais le poulpe ne semble pas réagir.

Alors Claudie continue sur sa lancée :

—Une statuette découverte sur le rebord de sa fenêtre, il y a quelques jours. Une fenêtre située à six mètres du sol, au-dessus d'un taillis de ronces.

Justin lève la tête brutalement et regarde la jeune femme comme s'il voulait la transpercer de ses yeux pâles. Soudain figé, il en a oublié son breuvage brûlant, son visage devenant peu à peu rouge brique.

—*Moi je connaître cette chose,* intervient John de sa voix douce.

Il se met à fouiller dans sa besace et en sort un prospectus chiffonné.

—*Regarde, je trouve. C'est le même !*

Claudie et Justin se penchent sur la photo imprimée dans le coin d'un prospectus, et découvrent la même sculpture que sur le dessin. La jeune femme attrape le flyer et le lit en détail : il s'agit de la statue du Sentier de la Vierge, au bois de Païolive, ou Vierge de Malbosc, qui se trouve depuis 2006, au milieu du bois, en hauteur, dans une cavité naturelle. Sur le prospectus, il y a une carte avec toutes les indications pour effectuer la randonnée, qualifiée de facile.

Bien qu'elle ne soit pas une marcheuse aguerrie, Claudie a brusquement l'envie furieuse d'effectuer cette randonnée, sans qu'elle sache bien pourquoi cela lui semble si urgent. Elle tend le flyer à Justin toujours mutique. Il s'absorbe dans la lecture quelques minutes, puis se lève brutalement et sort de la maison presque en courant.

Les deux autres en restent bouche bée.

Claudie termine de ranger sa vaisselle en silence dans la cuisine. John était pressé de rentrer se coucher. Elle a dîné avec lui et ce repas fut bien agréable. Avec son français biscornu, il a essayé de lui parler de Julien, cet ami guide de randonnée à Païolive qui, pendant la basse saison, vit de petits boulots. Son frère en parle comme d'une personne de confiance, calme et sans histoires. Claudie a posé beaucoup de questions, et John, en souriant, ne s'est pas défilé.

Elle a l'impression, ce soir, d'avoir retrouvé ce frère avec lequel elle a cohabité quelque temps.

La nuit noire est tombée depuis un moment.

Sa vaisselle terminée, Claudie éteint machinalement la cuisine, et s'engage dans l'escalier. Mais une vive lumière au-dehors lui fait rebrousser chemin. Dans la pénombre de sa maison, Claudie s'approche lentement de la fenêtre donnant sur le pré en friche, occupé depuis peu.

Là, médusée, la jeune femme assiste, immobile et discrète, au spectacle qui se déroule sous ses yeux.

Devant la roulotte, on a allumé un grand feu.

La vieille gitane fume la pipe, assise sur les marches de sa caravane, ses yeux noirs luisant des flammes reflétées. Et autour du brasier formidable, un jeune garçon à la peau noire et une belle femme aux longs cheveux roux, dansent en harmonie, leurs visages rayonnants de joie. Ils tournoient l'un avec l'autre, à vive allure, leurs pieds nus dans l'herbe, si agiles et légers qu'ils semblent voler au-dessus du sol.

Claudie se retrouve happée par le spectacle et reste ainsi de longues minutes devant sa fenêtre, sans bouger.

Depuis le salon, parviennent les ronflements de Cerbère, couché sur le tapis.

La voix de Kali - 6

Angel allait sur sa majorité.
Et il voulait terminer ses études en passant le
bac.
Savoir inutile pour devenir un truand.
Il y eut des moqueries mais ton père avait les
poings agiles.
Certains y perdirent leurs dents.

La génitrice se languissait de le marier,
Le clan le réclamait dans ses combines.
Mais avant, Angel voulait passer son diplôme.
Ton père était déjà un être fier.
Ce bout de papier signifiait beaucoup pour lui.
Les autres acceptèrent, magnanimes.

Angel eut son diplôme, et même une mention.
Mais la réalité le rattrapa.
Il devint donc, malgré lui, l'un des trafiquants.
Il bouillonnait, pris au piège.
Il ne voyait pas d'issue.

Mené par sa colère, Angel devint vite une référence dans le clan.

On le respectait.

Il faisait peur.

Petite, tu te demandes pourquoi il ne s'est pas enfui ?

On ne s'enfuit pas du clan.

On le subit ou on meurt.

Le clan est partout, comme une gigantesque toile.

Il a des yeux partout.

Même l'étranger n'était pas envisageable.

Ce peuple a essaimé dans tout le globe.

C'est un peuple gigantesque, soudé.

Angel était leur prisonnier.

VII

Un jeudi matin de mai.

Claudie s'éveille au chant des oiseaux. Elle ne se souvient pas d'avoir laissé sa fenêtre ouverte hier soir mais elle a tellement mal dormi… Encore une nuit de cauchemar. Elle secoue la tête comme pour chasser les images encore prégnantes à son esprit. Ce cauchemar lui laisse à chaque réveil comme un goût acide dans la bouche.
Elle enfile ses chaussons et se lève en grimaçant pour aller boire un verre d'eau fraîche dans la salle de bain voisine. Dans le miroir elle observe son visage de papier mâché : elle n'a pas bonne mine ce matin. Ses cheveux bruns coupés courts sont coiffés en pétard et elle a les yeux gonflés, on ne voit presque plus ses iris marron. Elle se passe un peu d'eau froide et redresse les épaules, mais son verdict reste sans appel face au miroir : elle se reconnaît, la petite fille boulotte qu'elle était est toujours présente mais aujourd'hui elle a vieilli, quelques rides sont apparues sur son front et au coin des yeux. Claudie n'a jamais été une beauté

avec son visage banal. Mais elle a une belle peau, sans marques et avec un grain fin. Elle essaie d'imaginer son visage fripé comme une vieille pomme, celui qu'elle pourrait avoir dans vingt à trente ans. Un visage comme celui de Lucie par exemple. Elle se demande si la solitude engendre plus de rides chez les célibataires que sur le visage des gens responsables d'une famille. Car à presque quarante ans, Claudie a admis qu'il y avait peu de chances qu'elle réussisse un jour à en fonder une.

Déjà son horloge biologique montre des signes de faiblesse. Et puis aucun homme ne trouve grâce à ses yeux. D'ailleurs, elle n'en cherche même pas. Sa soif d'indépendance l'en empêche. Devoir faire des concessions ou changer ses habitudes, elle ne le souhaite pas. L'amour ne lui semble pas une nécessité et la solitude ne lui pèse pas encore. Sans compter sa libido peu vivace.

Mais vieillir seule, c'est probablement plus difficile que vieillir à deux.

« Des idées sombres de bon matin… »

Claudie soupire et secoue la tête.

Elle se dépêche de s'habiller. Elle remarque que Cerbère n'est plus au salon et elle sourit. Le chien doit l'attendre gentiment dans la cuisine, comme à son habitude. Mais force est de constater qu'il n'est nulle part ; il a dû sauter par la fenêtre ouverte pendant son sommeil.

Claudie branche sa bouilloire et jette un rapide coup d'œil au-dehors. Dans le pré, les lieux ont retrouvé leur complète désolation ; seule une grande marque noire circulaire atteste que la veille, il y avait comme une joyeuse fête. Ce matin, le chat roux dort, en boule sur la terrasse, dans un rayon de soleil. Le cheval est au loin, broutant l'herbe haute en agitant sa crinière pour chasser les mouches.

Claudie savoure sa tasse de thé brûlante et mange ses tartines avec entrain. Elle a vraiment faim aujourd'hui. Elle se demande silencieusement ce qu'elle fera de sa journée après sa visite à Lucie, devenue quotidienne.

« Faut quand même que je bosse vraiment » se dit-elle sans grande envie.

Son téléphone grésille dans l'autre pièce. En ronchonnant Claudie court le chercher et constate que le numéro est masqué, mais elle décroche tout de même et affiche un grand sourire en réalisant que c'est son frère qui la contacte :

—*Hi Claudie, je dérange pas ?*

—Non, non, je suis en train de déjeuner. Tu as un téléphone maintenant ?

—*No, Julien prête à moi. Je veux proposer un promenade, tu viens ?*

—Quoi ? Maintenant ?

—*No. Demain. Au Païolive, avec Julien. Tu venir avec nous ?*

—Mais avec plaisir !

Ils conviennent d'un rendez-vous et tout en raccrochant, la jeune femme se fait la réflexion que son frère a pensé à elle ce matin. Elle ne sait pas très bien ce qu'elle attend de cette randonnée jusqu'à la Vierge de Païolive mais la perspective de passer une ou deux heures avec John, dans ces lieux qu'elle ne connait pas, l'enchante réellement.

Le cœur léger, la jeune femme ouvre sa porte de cuisine, descend sur la terrasse pour tester la température extérieure, et manque de tomber à la renverse : la vieille gitane est à nouveau devant son portillon, comme l'autre matin, mais cette fois elle semble lui faire signe. Claudie respire un grand coup et fait un pas vers l'inconnue, curieuse. La pipe se met en branle quand elle agite un seau en criant d'une voix nasillarde :

—Il me faut de l'eau pour mon cheval !

Claudie n'en revient pas du culot de cette bonne femme mais résignée, elle ouvre son portillon. La femme ne daigne même pas entrer dans le jardin, tendant juste le seau. Claudie retourne à la cuisine le remplir et le rapporte à sa voisine. En chemin, il lui vient une idée.

—Il est lourd ce seau. Voulez-vous que je le porte jusqu'à votre caravane ?

La vieille tire sur sa pipe puis semble sourire. Ses yeux s'étrécissent dans son visage parcheminé et elle acquiesce du menton.

« Mon bon cœur me perdra » soupire Claudie.

Vaillamment, elle suit la vieille femme qui lui indique du doigt où déposer le fardeau. Claudie se frotte les reins :

—Ils auraient pu venir vous aider, souffle-t-elle. Ils dorment encore ?

La gitane plisse les yeux.

—Qui donc ?

—Ben les deux jeunes qui vous accompagnent. Je les ai vu danser hier soir, c'était très beau.

La vieille ne répond pas, elle plisse encore les yeux et lui tourne ostensiblement le dos. Sans un merci, elle s'enferme dans sa roulotte. Claudie n'en revient pas de la grossièreté de cette vieille, et à grandes enjambées s'en retourne chez elle. Dans sa tête tournoient mille et un noms d'oiseaux peu amènes.

En fulminant, la jeune femme termine sa toilette et s'habille chaudement. Elle s'est gelée dans le pré à porter l'eau, ses chaussons sont humides.

« Je ne rencontre que des mal-élevés ».

Et la gitane remporte le premier prix, haut la main. Claudie hausse les épaules et referme la porte de sa maison. Marchant à bonne allure, pour rendre visite à la malade, elle se garde bien de jeter un œil vers la roulotte.

Arrivée devant la grande bâtisse carrée, elle appuie sur la sonnette d'un doigt énergique et guette l'ouverture de la fenêtre au premier. Mais c'est la porte qui s'ouvre brusquement devant elle, et Justin qui apparaît.

—Oh ! s'exclame Claudie surprise. Mais que fais-tu là ?

—Je viens d'arriver. Allez, on monte.

Elle le suit dans l'escalier en pierre raide.

—C'est bizarre, je croyais que Brigitte venait plus souvent que Cerise s'occuper de Lucie, chuchote Claudie, mais je ne la vois jamais.

—Mmm. Elle venait…mais le docteur préfère Cerise, plus calme.

Claudie sourit en comprenant fort bien que le babillage incessant de la Brigitte puisse énerver certaines personnes.

—Au fait, ce matin, la vieille m'a fait porter un seau d'eau jusqu'à sa roulotte, sans un merci.

—Quelle vieille ? demande l'autre en la laissant entrer dans la chambre.

Claudie hausse les épaules, le poulpe risque de la rendre chèvre à force de ne rien écouter de ce qu'elle raconte, mais là, elle préfère rester calme, alors elle ne répond pas. Le plus délicatement possible, elle s'approche de la malade, toujours aussi frêle sous ses édredons, même si son regard pétille de joie ce matin.

—Oh ! Mes chers enfants, quel bonheur de vous voir tous les deux aujourd'hui, susurre la petite voix aigrelette. Asseyez-vous, là, près de moi.

Chacun prend une chaise de chaque côté du lit et s'installe en douceur. Claudie serre la main légère de l'ancêtre et la regarde avec les yeux humides de chagrin.

—C'est cette toux qui m'épuise, sinon, je vais bien. Je n'ai plus de fièvre.

—Ah ! Ben c'est une bonne nouvelle si la fièvre est partie, murmure Claudie.

—Oh ! Je ne suis pas encore trépassée. Même si je dois y penser un peu parce que cela risque d'arriver bientôt. A ce propos, mes chers enfants, j'ai tout consigné sur papier et enfermé mes notes dans un des tiroirs du secrétaire, là, annonce la vieille dame en désignant le petit meuble posé dans un coin de la chambre.

Claudie baisse les yeux, embarrassée.

—Il faut être prévoyant, reprend la vieille dame. Bon assez parlé de choses lugubres, alors quelles sont les nouvelles ?

Les deux gardes malades se sondent du regard et la jeune femme décide de parler la première :

—J'ai une nouvelle voisine.

—Oh ! laisse échapper Lucie. Mais où donc ?

—Dans le pré à l'abandon. Une roulotte s'est installée depuis peu avec une gitane qui est tellement laide qu'on dirait un dragon.

Lucie voudrait rire mais elle craint de déclencher sa mauvaise toux alors elle s'abstient et redevient rapidement sérieuse, réfléchissant tout haut :

—Mais je crois bien que le pré lui appartient.

Justin acquiesce en silence. Claudie en reste baba, la bouche ouverte sur les tonnes de questions qui tournoient dans sa cervelle, subitement.

—Et je suis presque certaine, reprend la malade, maintenant que nous parlons d'elle, qu'elle était présente à l'enterrement de ta grand-tante Alice. Tu ne t'en souviens peut-être pas remarque, je peux comprendre. Oh ! Et cela me revient, elle était présente aussi aux obsèques d'Isabel Baswell. Mais oui, j'en suis certaine ! Je ne sais pas qui, à l'époque, l'avait prévenue…

—Vous connaissez son nom ?

—Pas du tout. Je ne pense pas non plus avoir échangé avec elle le moindre mot. Elle se tient toujours un peu en retrait. C'est une dame très discrète. Peut-être que notre Justin le sait ?

L'autre hausse les épaules, sans répondre. Il n'a pas l'air intéressé par la conversation. Il fait l'effet d'attendre patiemment son tour, ses grands bras croisés sur sa poitrine et le regard fuyant.

—Mais elle vit toute l'année dans sa roulotte ? demande Claudie, emportée par sa curiosité.

Justin éclate de rire, sans bruit.

—En tous cas, reprend Claudie, hier soir, elle faisait la fête avec deux jeunes gens qui dansaient. Ils avaient allumé un grand feu. C'était très beau…

La jeune femme rougit, un peu honteuse, sans bien savoir pourquoi. Justin regarde un point imaginaire sur le mur et susurre :

—Alors…ils sont tous là.

Claudie redresse la tête ; elle voudrait lui demander de s'expliquer mais quelque chose l'en empêche, la certitude d'avoir encore une discussion houleuse avec son ami et elle se refuse à ce que Lucie en soit témoin. La vieille dame ne semble pas avoir entendu les derniers mots du poulpe. Elle fixe la jeune femme tout en demandant :

—As-tu confié à notre ami ici présent, notre petite théorie ?

—Quelle théorie ? intervient le poulpe, enfin loquace.

Lucie encourage son amie du regard.

—Une théorie selon laquelle les sœurs Baswell auraient enterré le corps près de chez elles. Car elles étaient à pied, un soir d'orage. Et ce doit être un lieu inhabité et non modifiable. Un lieu dans lequel elles pourraient revenir se recueillir sans éveiller les soupçons, un lieu loin des crues.

—Mmm. Théorie intéressante.

Le tic-tac de l'horloge résonne dans la pièce, redevenue silencieuse. Lucie semble dormir. Claudie serre ses petits doigts gelés. Ses yeux vont et viennent, de la statuette vers Justin.

L'institutrice, décidément plutôt en forme ce matin, a intercepté le regard :

—Ah je vois que Justin est dans la confidence ? Alors, que penses-tu de mon cadeau ?

—Vous auriez dû m'en parler plus tôt, ronchonne le poulpe, ses grands bras maigres toujours croisés.

—Et pourquoi donc ? demande la vieille institutrice.

—Ce n'est pas logique, madame Chauvet.

—Oh ! Tu sais, à mon âge, on accepte toutes sortes de choses qui peuvent paraître bizarres. Cerise a d'ailleurs une théorie intéressante à ce sujet.

—Mmm.

Lucie ferme les yeux. Claudie interroge son ami du regard mais brusquement, le poulpe s'anime et sort de la chambre, comme une bourrasque, ses longs cheveux flottant dans son sillage. Lucie se réveille en sursaut et les deux femmes, stupéfaites, l'entendent descendre les escaliers à vive allure puis claquer la porte d'entrée derrière lui.

Cerise, immédiatement, apparaît au seuil de la chambre :

—Tout va bien ?

—Oui, oui, la rassure Lucie.

Mais Claudie voit rouge :

—Non mais qu'est-ce qui lui prend ? Il devient complètement fou ou quoi ? En ce moment, il passe son temps à quitter ma maison de la même façon !

—Je ne sais pas Claudie, murmure la vieille dame, le visage soudain très fatigué. Notre Justin semble contrarié.

Les deux femmes se taisent, perdues dans leurs psychés. Les minutes passent et quand Claudie lève enfin le nez, elle constate que la vieille dame s'est profondément endormie sous son duvet. Elle lui adresse un baiser de loin et décide de prendre congé.

Elle va chopper le poulpe et lui dire sa façon de penser.

« Non mais quel malotru ! »

Justin déambule dans les rues de Joyeuse, fulminant contre toutes les bonnes femmes qui ne comprennent rien. Il avance sans but précis, ivre de rage. A cause de leurs cachotteries, ils ont perdu un temps précieux, un temps probablement vital.

Il ne voit même pas où il se dirige, allant sans but précis, seulement animé par ses grandes jambes. Et surtout son angoisse.

Il sait qui sont les bohémiens de Claudie. Et cette statuette offerte de façon anonyme ne lui dit rien qui vaille.

« C'est comme pour les autres ! Bon sang Justin, secoue-toi les méninges ! » se répète-t-il sans fin, en avançant dans les ruelles.

La voix de Kali - 7

Certaines caves de la cité étaient aménagées
En bars clandestins, lumières tamisées,
drogue et prostitution.
Les jeunes de la cité s'y déniaisaient.
Les chefs s'y retrouvaient pour leurs affaires.
Angel y avait son fauteuil attitré, comme tous
les leaders.
Sa parole était écoutée avec déférence, même
si elle était rare.

Ton père ne buvait pas, ne se droguait pas, ne
fumait pas.
Il restait ainsi lucide plus longtemps que les
autres.
Les femmes ne l'intéressaient pas non plus.
Ce point-ci posait problème.
Dans le clan, les mariages étaient contractés
dès l'enfance.
Mais pour Angel, aucune famille n'avait voulu
s'engager.
Ton père se satisfaisait de la situation.

Jusqu'au jour où tout bascula.

Un soir de réunion dans l'une des caves,

Son regard placide fut attiré par l'une des filles.

Elle semblait très jeune et perdue.

Leurs yeux se croisèrent et ils se reconnurent.

Brusquement, ton père découvrait le désir, et l'amour à la fois.

Cette fille silencieuse devint sa protégée.

Mais elle ne faisait pas partie de la communauté,

Elle n'était rien.

Ton père fit le dos rond.

La relation devint secrète.

Or les secrets ne durent pas, dans le clan aux mille yeux.

Angel fut convoqué au grand conseil

Et les mots furent durs, les menaces à peine voilées.

Ton père vit rouge.

Il n'avait plus qu'une seule pensée en tête : la sortir de là,
Et s'enfuir tous les deux, loin, très loin.
Et c'est ce qu'il fit, sans réfléchir aux conséquences.

Être intelligent ne signifie pas pour autant d'être omniscient.

VIII

Un jeudi après-midi de mai.

Claudie est rentrée chez elle très remontée contre son ami. Pour se calmer les nerfs, après un bref repas, elle s'est acharnée sur les mauvaises herbes qui envahissent ses iris. Sans ménager sa peine, armée de gants et d'un sécateur, la jeune femme passe un long moment à suer sur ses plantations, heureuse malgré tout d'être au bon air de la campagne, sous le soleil radieux. De temps en temps elle jette un coup d'œil vers la roulotte mais aucun mouvement subtil.

En ce début de mai, toutes les fleurs sont ouvertes et si elles n'embaument pas le jardin de puissants arômes, elles ravissent les yeux de leurs différentes couleurs vives. Il y a un massif d'iris mauves, le plus grand, puis de plus petits éparpillés sur l'avant de la maison dans les tons de rose, blanc, jaune et pourpre. Avec pour toile de fond le vert de l'herbe et des haies, l'ensemble forme une image bucolique très agréable. Claudie force comme une damnée en essayant de ne pas écraser ses fleurs, pour arracher les ronces qui tentent de se faire une place au milieu. Le sécateur entre régulièrement en action pour achever les lianes piquantes qu'elle jette en tas sans ménagement. Même si la température est clémente comparée à un mois d'été, la jeune femme sue comme un bœuf, pourchassée par de petites mouches collantes avides de sa sueur. Claudie se débat comme un diable et se redresse pour souffler. Au loin, lui parviennent les sons d'une tondeuse en action, et elle se dit qu'elle devra s'y mettre prochainement si elle veut que son grand jardin retrouve rapidement un aspect net.

« Nous les humains, nous sommes un peu couillons à vouloir ordonner la nature » pense-t-elle en secouant la tête.

Ayant terminé de nettoyer les massifs, la jeune femme décide de s'attaquer aux mauvaises herbes qui poussent entre les dalles des terrasses. Elle ahane en tirant sur les tiges, sourde aux chants des merles, rouges-queues, mésanges et autres petits oiseaux. Elle peste contre les fourmis qui ont ramené toutes sortes de graines pour leurs réserves d'hiver, dans les moindres failles, donnant naissance à la verdure qu'elle massacre avec peine. Après trois heures de travail sous la chaleur, Claudie jette ses gants et s'essuie le front. Enfin calmée et surtout crevant de chaud, la jeune femme, épuisée, se sert un grand verre d'eau. Dans peu de temps, la nuit sera tombée.

Cerbère n'a pas reparu depuis le matin.

Dans la rue, une voiture s'annonce en pétaradant furieusement et elle sourit : la voiture de Justin est reconnaissable entre mille. Bardée d'autocollants écologistes, elle dégage une fumée noire à chaque pression d'accélérateur.

« Et surtout, elle fait un boucan d'enfer ».

Le poulpe sort de son véhicule, ses longs cheveux flottant derrière lui et s'invite chez la jeune femme qui l'attend, les bras croisés sur sa terrasse.

—Alors, t'es calmé ? demande-t-elle.

Il lui lance un regard surpris et entre dans la cuisine. Sans un mot, il inspecte le frigo et sort peu à peu quelques légumes et un bout de viande puis une grosse casserole.

—Je vais te préparer un bon ragoût, annonce-t-il en épluchant les légumes.

Claudie éclate de rire.

—Tu ne changeras jamais ! Mais permets-moi de te dire que tu as été franchement grossier avec Lucie, ce matin.

—Mmm.

—Et comme d'habitude, tu ne réponds pas.

Le poulpe s'affaire silencieusement tandis que la jeune femme met la table et décide d'aller se rafraichir un peu le visage. Quand elle revient, la cuisine dégage un bon fumet appétissant. Cerbère est là, couché sous la table. Claudie le caresse un peu, se demandant bien où l'animal est allé fureter toute la journée. Au fil des jours, il lui semble que son pelage blanchit chaque heure un peu plus.

—T'as pas l'impression que ce chien devient vraiment vieux ? demande-t-elle en se redressant.

—Comme nous, répond-il en haussant les épaules.

—Au fait, demain je suis invitée par John à me promener au bois de Païolive. Nous serons guidés par Julien. Tu veux nous accompagner ?

L'autre la regarde les yeux ronds avant d'ouvrir enfin la bouche :

—Pour quoi faire ?

—Mais pour aller voir la vraie vierge du bois, tu sais la statue de Lucie !

Incroyable comme ce garçon vit sa vie au jour le jour. Il a déjà oublié ce que disait John la veille.

Claudie cherche sa prochaine répartie pour lui secouer les puces mais l'autre la prend de court :

—Sais-tu depuis quand il y a la statuette chez Lucie ?

—Pfff, tu es vraiment monomaniaque, tu sais, ronchonne Claudie. Mais tu viendras avec nous ?

—Non. Réponds à ma question, si tu t'en souviens.

—Oh là là, ce que tu peux être rabat-joie. Pfff, alors en réfléchissant, Lucie a parlé du jour où elle a pris froid, dimanche. Enfin je crois...

—Oui. Ça colle bien avec le reste.

—Mais de quoi tu parles, à la fin ? Le reste ? Quel reste ? Vas-tu te décider à être un peu plus clair ? On ne comprend rien à tes sous-entendus, tu sais.

Justin ne répond pas, absorbé à remuer son plat. Il goûte la sauce puis éteint le feu et dépose le plat sur la table, très solennel. Les deux amis s'assoient, Claudie se laisse servir, toujours en attente de réponses. Après quelques bouchées, le poulpe commence :

—Depuis quelque temps, il y a des choses étranges qui se passent au village. Je ne sais pas encore quoi mais...d'abord, le chien est revenu, annonce-t-il en montrant, de sa fourchette, Cerbère qui dort paisiblement à leurs pieds.

—Oh ! Arrête avec ce chien, tu es ridicule.

—Mmm. Et tu as raison, il se fait vieux. Je sais que vous n'êtes pas tous d'accord avec moi mais cela expliquerait bien des choses.

—C'est-à-dire ?

—Je ne sais pas encore exactement. Mais je sens qu'il se passe un truc.

Claudie fait la moue et se retient d'éclater de rire parce que s'il y a bien une chose dont elle est certaine, c'est que son comparse ne ressent rien. En revanche, il déborde d'imagination. L'autre la toise, le regard suspicieux, puis termine sa bouchée et repose ses couverts :

—Je vais tenter d'être clair. Je dis bien, tenter.

Le poulpe semble réfléchir longuement, les yeux dans le vague, dans un silence recueilli ; car Claudie est en alerte, rien ne sert de le presser. Il inspire et se lance :

—Premier point, de petits animaux morts qu'on dépose la nuit sur le pas des portes. Stop ! Ne dis rien, laisse-moi finir, intervient la méduse, devant la mine offusquée de la jeune femme. Voilà, depuis quelques semaines, plusieurs personnes du village ont retrouvé devant leurs portes, soit des souris, soit des rats des champs, soit des oiseaux, enfin toutes sortes de cadavres de bestioles de petite taille. C'est important.

—C'est quoi cette histoire ? D'où tu tiens ça ?

—Les gens me parlent, tu sais.

—Mais c'est fou ! Oh ! Mais j'y pense, Brigitte a raconté quelque chose dans ce goût-là, sur son paillasson…

—Ce sont des dépôts volontaires.

—Comment ça volontaires ? Tu penses que quelqu'un tue sciemment des bestioles pour aller les déposer sur les paillassons du village ? Tu penses ça ?

—Mmm.

—C'est n'importe quoi ! Qui ferait une chose pareille ? Et personne ne dépose plainte ?

—Contre qui ? Il ou elle, sont très discrets… Certains, comme Brigitte, ne pensent pas à mal.

Claudie n'en revient pas. La jeune femme sent ses poils se hérisser sur sa nuque.

—Quand tu dis plusieurs victimes, sais-tu combien exactement ?

—Une dizaine.

—Tu as une hypothèse ? Personne n'a rien vu ? Tu n'as pas pensé à des chats ?

—Trop de questions. Impossible pour un chat lambda, ces animaux n'offrent pas leurs proies aussi régulièrement ou alors il faudrait que tous les chats du village décident de la même action en même temps, ce qui paraît, tu t'en rends compte toi-même, hautement improbable. Non, c'est une action voulue, organisée.

—Bon alors tu soupçonnes qui, exactement ? Et surtout, dans quel but ?

—Laisse-moi continuer. Deuxième point : quelques villageois ont reçu d'autres sortes de présents, pas des petits animaux morts, pas du tout. Des objets réels et disparates comme une vieille casquette sale, un collier et apparemment une statuette en bois.

Surprise, Claudie ouvre la bouche comme un gobie mais aucun son ne sort de ses lèvres. Elle comprend tout à coup qu'il relie Lucie à ses déductions tortueuses, bien plus complexes qu'une pie généreuse. La jeune femme sent soudain un grand frisson glacé lui couler dans le dos.

Imperturbable, le poulpe continue son inventaire :

—Troisième point : les objets sont déposés dans des lieux particuliers, inaccessibles pour un chat ou une pie farceuse.

—C'est-à-dire ? s'exclame-t-elle.

—La statue de Lucie devant une fenêtre à six mètres du sol, le collier dans la boîte aux lettres du garagiste et la casquette dans un caveau du cimetière fermé à clef.

—Donc c'est quelqu'un…

—Laisse-moi finir. Quatrième point, ceux qui ont reçu un objet, plutôt qu'une bestiole, sont tous tombés malades et présentent les mêmes symptômes : le garagiste, notre brave Lucie, et le dernier, un fossoyeur en retraite.

—Waouh… lâche la jeune femme en manquant s'étouffer avec sa bouchée.

La révélation la submerge.

—Mais j'ai discuté avec le fossoyeur l'autre matin ! s'écrie-t-elle. Il ne semblait pas du tout malade. Il m'a montré la casquette, tiens !

—Ben voilà, depuis il est malade.

—Mon Dieu ! D'après lui, y a des gamins qui font les quatre cents coups dans le cimetière la nuit…

—Ahhhh les fameux gamins…murmure le poulpe.

—Tu crois que c'est un adulte ? Mais dans quel but ?

—C'est LA question ! Je ne comprends pas encore cette histoire mais je suis persuadé que tout est lié, conclut le poulpe.

Horrifiée, la jeune femme a décidé que son repas était terminé. Elle se lève et débarrasse la table, à grands mouvements saccadés, preuves de son trouble. Décidément, son ami est le roi des théories débiles. Aujourd'hui il suggère une vaste tuerie de petits animaux et la transmission d'un germe par une ou plusieurs personnes malveillantes. Mais comment les malades ont-ils pu être infectés par malveillance ?

—Attends, je reviens sur les malades, tu penses que tous ces malades ont été empoisonnés par contact avec l'objet déposé ?

—Bien sûr que non. La preuve, tu as touché la statuette et tu n'as rien. Mais on a voulu qu'ils soient malades. Seulement je ne sais pas si c'est pour nous les désigner ou pour les torturer…

—Pardon ?

—Je sais. Inconcevable. Ça ressemble à la grippe mais ce n'en est pas une. Matinée paisible, puis grosse fièvre l'après-midi avec fatigue, toux incoercible, et nuit très agitée. Je suis en contact avec le médecin qui les suit tous.

Pour finir le repas sur une note sucrée, Claudie s'est servi un yaourt mais force est de constater qu'elle n'en sent même pas le goût car, dans sa tête, les questions fusent dans tous les sens, plus délirantes les unes que les autres.

Justin marmonne :

—Pris séparément, ces faits semblent anodins, mais mis bout à bout, ce n'est pas pareil.

—Et comment ton suspect leur aurait administré cette maladie ?

—C'est une bonne question.

Qui reste en suspens.

Claudie décide de ne rien lâcher :

—Mais qui ferait une telle chose ? Manipuler un virus ou une bactérie, ce n'est pas donné à tout le monde, ça. Il faut avoir accès au germe, disposer peut-être d'un laboratoire…

—Et ce n'est pas contagieux, sinon le médecin, toi, les familles, moi-même et les garde-malades seraient aussi touchés ! s'exclame le poulpe en brandissant ses grands bras au plafond. Vois-tu, Claudie, c'est un germe très intelligent, que nous avons là, il cible ses victimes de façon très précise !

Claudie n'a plus rien à dire. Elle reste figée à la table. Cette histoire n'a aucun sens. Justin se trompe. Conclure que quelqu'un du village s'amuse à infecter les habitants semble rocambolesque. Justin a très bien pu oublier d'autres malades, il voit le mal partout, il relie tout et n'importe quoi afin de valider ses théories fumeuses. Elle baisse les bras, avec l'impression de nager en plein délire. Mais avec Justin, tout est toujours ainsi.

Et souvent, pourtant, il a raison.

Claudie fronce les sourcils, elle se sent brusquement mal à l'aise. Ces histoires de dépôts sur le pas des portes lui rappellent étrangement les vieux récits des « corbeaux » qui sévissaient au siècle dernier. Maintenant, avec les réseaux sociaux, les fous furieux ont trouvé d'autres manières d'assouvir leur noirceur et de faire le mal, mais savoir que quelqu'un, un voisin à qui vous dites peut-être bonjour quand vous le croisez, que vous trouvez sympathique, oui qu'une personne que vous avez déjà vue régulièrement, une fois rentrée chez elle, à l'abri des regards, prend un plaisir malsain à organiser la panique chez les autres, ça ne passe pas.

—C'est affreux cette histoire, murmure-t-elle. Et si c'était un empoisonnement collectif et que les objets ou bestioles n'avaient rien à voir.

—A quoi tu penses Mademoiselle Chance ?

—Je ne sais pas vraiment. Mais souviens-toi de Pont-Saint-Esprit, dans le Gard, où ils ont tous été empoisonnés avec de l'ergot de seigle développé dans la farine du boulanger. Tous ont eu droit à une dose massive de LSD mais tous n'ont pas réagi de la même façon... certains n'ont rien développé.

—Oui, mais il y a eu des morts et des blessés, sans compter les trois cents internés, ce qui fait beaucoup plus que pour notre village où les faits ont démarré il y a quelques jours. Le docteur a fait des analyses de sang de ses malades et il n'y a rien. Aucune toxine connue, aucun poison. Analyses nickel mais couchés moribonds au lit !

Puis après quelques minutes de silence :

—Et n'oublie pas, dit-il en montrant le chien du menton, que chaque fois qu'il revient, ce n'est pas pour rien...

Cerbère ronfle, bienheureux dans la cuisine, au chaud. Il n'a pas toujours cette chance.

Par moments, lui parviennent en sourdine quelques bribes de la conversation qui se déroule au-dessus de sa tête. S'il était homme, il pourrait sourire de tout ce qu'il entend. Mais il n'est que chien alors il ne bouge pas et se laisse engourdir par la fatigue.

Le grand maigre a une imagination tout simplement incroyable. Il échafaude des théories biscornues à partir de petits riens qu'il met bout à bout. Pour une autre époque, il ferait un conteur formidable.

Et pourtant, de tout ce fatras, émerge une certaine clairvoyance.

La voix de Kali - 8

Le reste du clan ne se douta de rien,
Avant de comprendre sa méprise.
Mais le couple était déjà loin.
Alors vint la colère, puis la fureur d'avoir été
trompés.

Angel savait tout cela.
Mais Rachel, car il s'agissait de ta mère,
Ne semblait pas effrayée.
Ta mère était une personne très particulière :
Elle vivait les choses sur l'instant.
Et ton père, pour la première fois de sa vie,
se sentait apaisé et heureux.
Mais la paix, il allait falloir la payer cher.
La première étape fut de se mettre à l'abri,
Là, ils pourraient réfléchir à l'après.

La cité se réveilla dans la fureur.
Tout le clan était à leur recherche, posant des
questions musclées.

Les véhicules vrombissaient dans toute la ville,
Remuant les planques, les amis, la famille entière.
Il y eut des cris, des coups, des tirs,
Des blessés et des morts.
On ne se moque pas impunément du clan.
Ensuite les sirènes de police se mirent elles aussi en mouvement.
Le manège dura quelques jours et autant de nuits,
Puis le calme se fit.

Pendant ce temps, avec Rachel,
Ils vécurent leurs plus belles journées.
Enlacés, de jour comme de nuit,
Ils se découvraient peu à peu.
Angel essayait d'expliquer ce qu'il était devenu,
Malgré lui.
Et Rachel se racontait en détail.

Pour elle aussi, les débuts dans la vie avaient été complexes.

IX

Un vendredi matin de mai.

Claudie se réveille sans difficultés ce matin. Pourtant, la tête farcie des théories funestes du poulpe, hier au soir, elle doutait de pouvoir s'endormir facilement. Leur discussion lui avait donné la chair de poule. Seule la présence du gros chien l'avait rassurée. Malgré les dires de son ami, elle sait qu'avec Cerbère, elle ne craint rien.

Elle avait été pressée que le poulpe prenne congé, pressée de se coucher dans son grand lit et d'oublier tous les sous-entendus de leur discussion. Pour la première fois, elle avait senti Justin vraiment inquiet, contrarié même, par son enquête et ses propres conclusions, lui d'ordinaire si enthousiaste.

La jeune femme fait la moue et secoue la tête, puis elle enfile ses chaussons et se dirige en compagnie du grand chien, vers la cuisine. Au passage, elle jette un œil à la roulotte mais tout est tranquille. Elle aurait aimé que son ami partage avec elle ses informations sur la mystérieuse propriétaire du pré et ses deux accompagnateurs.

Tout en faisant bouillir son eau, elle réfléchit à ce qu'a dit Justin sur le village. Elle ne cautionne pas l'idée d'un empoisonnement ciblé mais comprend parfaitement ce qu'il sous-entendait en indiquant que pris séparément, les faits semblent anodins. Ceci expliquerait que les villageois concernés n'aient pas pensé à en parler autour d'eux ou à se concerter. Dans ce cas, ils auraient certainement prévenu les gendarmes.

« Mais s'ils se mettent à discuter entre eux, effectivement, la panique risque d'enfler. »

Claudie secoue la tête, et sort au jardin, la tête farcie de questions. Elle manque renverser son thé car, sur la terrasse, devant elle, se tient la vieille gitane, toujours affublée de ses nippes fripées multicolores, son vieux chapeau vissé sur la tête. La vieille prend visiblement ses aises, elle est entrée dans la propriété sans qu'on l'y invite. Sereine, la pipe toujours collée au coin de la bouche, elle montre le seau posé à ses pieds.

—Je voudrais l'eau pour mon cheval.

Claudie parvient juste à marmonner.

Intérieurement, elle peste contre elle-même et tous les sans-gêne qu'elle croise et à qui elle ne sait pas dire non. Elle jette un œil noir au grand chien qui est enfin sorti de la cuisine mais semble se contrefiche de l'invitée surprise, puis s'empare du seau.

« Ça va durer combien de temps cette histoire ? » se demande-t-elle.

La bohémienne ne bouge pas, figée sous le mûrier. Cette femme ne lui inspire pas confiance, mais alors pas du tout. Pourtant Claudie ne peut s'empêcher de vouloir en savoir plus :

—On m'a dit que le pré et les granges vous appartiennent ?

La vieille se retourne brusquement, un sourire sur ses lèvres pincées.

—Vraiment ?

—Nous sommes voisines en quelque sorte, continue Claudie soudain gênée.

—Ohhhh, siffle la femme en lui prenant méchamment le seau plein, des mains.

Puis, en partant d'un bon pas, sans sembler souffrir le moins du monde du poids qu'elle transporte, la voix rauque s'élève bien fort :

—On ne vous a pas appris, Petite, que la curiosité est un vilain défaut ?

Claudie en reste comme deux ronds de flan. La vieille a vu clair dans son jeu.

Elle se console en pensant que peut-être, demain matin, cette femme n'osera pas pointer le bout de son nez, histoire de ne pas se retrouver à nouveau confrontée à une Claudie, curieuse comme une fouine. Mais elle en doute. Sortie de nulle part, installée là depuis plusieurs jours mais comme invisible, hormis les matins où elle vient toquer à sa porte, cette femme semble se ficher de ce que l'on pense d'elle.

Alors Claudie reste debout sur son perron et suit la gitane des yeux jusqu'à sa roulotte.

Les traces du brasier sont encore bien visibles mais aucun des jeunes gens ne sort de la caravane. Seul le joli chat roux vient caresser les mollets de la vieille qui a posé le seau, tandis que dans le grand mûrier proche, une corneille croasse de bon cœur. Claudie ne quitte pas du regard la silhouette qui s'est redressée et ne bouge plus, au milieu du pré, le visage tourné vers le lointain, d'où le cheval arrive, au petit trot. Claudie frissonne mais ne se résout pas à quitter la scène des yeux. Elle voudrait percer le mystère de cette inconnue, connaître au moins son nom afin de chercher, peut-être sur le net, qui elle est vraiment. Personne ne semble lui rendre visite, elle ne paraît même pas occuper les lieux, alors que fait-elle ici ? Pourquoi venir en roulotte, si la bâtisse lui appartient ?

Claudie ne l'a jamais vue, et malgré les allégations de Lucie, du plus loin qu'elle se souvienne, les deux granges ont toujours été vides et abandonnées ; il n'y a jamais eu de roulotte dans le pré.

Que fiche cette femme au village ?

« Je vais moi aussi, bientôt, échafauder des théories burlesques comme Justin » se dit-elle en haussant les épaules.

La jeune femme s'en retourne dans la cuisine, refermant bien la porte derrière elle, mais ne peut s'empêcher de lancer un dernier regard par la fenêtre. Dans le pré, la vieille a disparu, sûrement entrée dans sa roulotte, et le chat a repris sa place à l'ombre des roues, tandis que le cheval étanche sa soif. Au loin la corneille croasse toujours.

Claudie termine à peine de s'habiller qu'elle reconnaît celle qui l'interpelle depuis la cuisine : Brigitte Pichon vient lui rendre une petite visite impromptue.

« Décidément, on rentre chez moi comme dans un moulin ! »

—J'arrive ! répond-elle depuis sa chambre en terminant de se battre avec son pull.

Elle court presque jusqu'à la cuisine où Brigitte dispose quelques viennoiseries dans une assiette.

—Bonjour ma petite Claudie ! Mon Hervé devait regarder la vigne alors je me suis dit que j'allais l'accompagner et venir te faire un petit coucou ! Tu n'as rien de prévu ce matin, j'espère ?

—Oh non, rien de spécial, je vais voir Lucie comme tous les matins mais j'irai plus tard…

—Ah ben c'est très bien, ça ! Je t'accompagnerai ! Comme ça je pourrai vérifier ce que la Cerise a préparé à notre chère Lucie. Tu savais que le médecin avait demandé que ce soit cette fille qui s'en occupe plutôt que moi ? Non mais quelle honte ! Et pourquoi je te le demande ? Il n'a même pas été fichu de me donner une raison valable ! Je suis certaine que cette fille fait partie de ses connaissances, et ainsi, il la place, comme bon lui semble ! Non mais il se prend pour le pape à tout décider ainsi ? C'est un docteur de la ville et crois-moi, je ne ferai jamais partie de ses patients ! Ah ça non ! Et je vais lui faire sa réputation, ça tu peux compter sur moi !

Claudie s'empêche de sourire en constatant que Brigitte est remontée comme un coucou. Elle ne répond rien et laisse la diatribe se poursuivre, en s'empiffrant des excellentes chouquettes posées sous son nez.

—Même Hervé a trouvé cela très mal poli ! Il voulait aller le trouver le jeune médecin. Mais je l'ai retenu, quand même, on ne va pas faire un scandale. Bon alors, assez parlé de moi. Comment vas-tu ?

—Ben très bien, répond Claudie la bouche pleine. Tu as vu ? J'ai une nouvelle voisine.

—Tu parles de la caravane ? Oh méfie-toi Claudie, on ne sait jamais rien sur ces gens. Et puis ils s'en vont en un instant avec leurs caravanes roulantes-là ! Quand ils n'ont pas vidé ta maison auparavant ! J'ai vu un reportage à la télé, l'autre jour, où ils disaient que quand il y a des cirques dans les villages, le nombre de cambriolages augmente sans raison. Enfin sans raison, tu m'as comprise… Tu les as rencontrés ? Parce que là, ce n'est pas un cirque, si ?

—Non ce n'est pas un cirque. C'est une très vieille dame accompagnée d'une jeune fille et d'un garçon qui doit avoir dans les quinze ans, je crois.

—Ah ? Le camping sauvage est interdit tu sais. Si le garde champêtre passe dans le coin, ils vont vite déguerpir !

—Justin m'a dit que le champ et la ruine lui appartiennent.

Silence dans la cuisine.

Brigitte est restée statufiée, ses lèvres formant un petit « ho » silencieux. Puis elle reprend ses esprits en secouant ses bouclettes :

—Attends un peu, je sais que ce terrain et les deux ruines appartiennent à une dame qui ne vit pas ici, mais je la croyais morte, depuis le temps… Tu l'as vue ?

—Oui, tous les matins elle vient remplir son seau pour son cheval, dans ma cuisine.

—Pas possible ! Mais quel culot ! Surtout qu'elle a un gourd au fond du pré ! Son cheval pourrait bien y aller ! Et à quoi elle ressemble ? Moi je ne l'ai jamais vue. Et que te raconte-t-elle ?

—Ben rien. Elle n'est pas bavarde, ça non. Elle a un grand chapeau et une drôle de pipe, des jupons de gitane, le visage particulièrement fripé.

—Une gitane ? Feu mes parents n'ont jamais mentionné qu'elle était du voyage, comme on dit, non, ils parlaient plutôt d'une vieille fille, très riche, mais vivant vers Nice. Remarque, c'est tellement loin tout ça, que je ne suis plus sûre de bien me souvenir de tout.

—Et tu te souviens par hasard, de son nom ?

Cataclysme dans la cuisine.

La Brigitte réfléchit comme une forcenée. Claudie pourrait presque voir les rouages du cerveau s'enclencher. Les mains dans ses bouclettes, la brave dame de compagnie a fermé les yeux et murmure des bouts de noms à la suite, se reprenant immédiatement et s'invectivant copieusement elle-même. Mais après quelques minutes, rien ne sort.

Brigitte semble bouleversée de sa défaite :

—Mais c'est fou ! Je l'ai sur le bout de la langue et pas possible de le sortir !

Claudie ne peut s'empêcher d'éclater de rire, ce qui soulage son amie, malgré sa défaite. Brigitte sourit, retrouve son visage pétillant et ingurgite une petite chouquette, en reprenant la parole malgré sa bouche pleine :

—Mmm, ces chouquettes c'est un délice. Je les ai prises à la boulangerie du bas, non, parce qu'en haut, merci bien, ils ne savent pas faire du pain et encore moins les gâteaux ! Eh ben cela fait quelques jours que je ne vois pas la femme du boulanger, Madame Duchau. D'habitude c'est elle qui tient la caisse alors je me suis inquiétée. Figure-toi que la serveuse m'a dit qu'elle était malade ! Une espèce de grippe. Comme notre brave Lucie ! C'est terrible ces grippes de printemps. Et puis celle-ci semble bien mauvaise. J'espère que ce n'est pas trop contagieux, moi qui vais voir Lucie régulièrement.

—Ben j'espère aussi, répond laconiquement Claudie.

« Encore une victime du virus cibleur » se dit-elle.

Elle pense soudain à sa conversation de la veille avec le poulpe.

—Alors Brigitte, tu as résolu tes problèmes de souris sur le paillasson ?

—Oh c'est vrai je t'en avais parlé ! Eh bien figure-toi que depuis que nous avons acheté le répulsif, je n'ai plus eu de mauvaise surprise ! Du coup j'en ai donné à la voisine. C'est vraiment efficace ce produit. Je ne sais pas ce qu'ils mettent dedans, et je pense qu'il vaut mieux ne pas le savoir, mais le chat a dû aller faire ses dépôts ailleurs.

Claudie se mord les lèvres car il est hors de question qu'elle fasse part des soupçons de la méduse à la brave Brigitte ; elle ne comprendrait pas et s'empresserait de répandre la nouvelle dans tout le village, semant la panique. Cependant, sa réflexion sur la boulangère brusquement malade n'est pas tombée dans l'oreille d'une sourde. Elle voudrait se précipiter sur son téléphone pour contacter Justin. Mais il vaut mieux que devant son amie, elle se taise.

Claudie secoue la tête et remet le problème à plus tard :

—Bon ! Et si nous y allions ?

Dans sa chambre rose bonbon, la boulangère étouffe. Cela fait quelques heures qu'elle ne voit plus grand-chose autour d'elle, écrasée par la fatigue et la fièvre, la nausée permanente, les muscles endoloris, écœurée de médicaments tous plus inutiles les uns que les autres.

Mais sa tête fonctionne encore bien.

Elle comprend que les médicaments ne pourront rien contre le sortilège qui les frappe, elle et les trois autres. Parce qu'ils sont les quatre derniers survivants de cette période funeste et qu'à l'époque, ils n'ont pas tous bien agi...

Alors, ils paient.

Parce que tout se paie un jour.

La malade s'endort, épuisée dans ses draps trempés, un vieux rouge à lèvres tout sec, caché au fond de son chevet.

Rachel n'était pas encore femme.
Mais à presque dix-sept ans, la vie lui avait
donné maturité.
Abandonnée, elle avait été placée dans
diverses familles.
Certaines plus dures que d'autres :
Des coups, des brimades, des attouchements,
Mais aussi la faim, l'humiliation, la haine.
Ta mère connut une enfance remplie des pires
côtés de l'homme.
Elle fuguait souvent,
Prisonnière de sa jeunesse,
Pour finir à la rue.
Pour subvenir à ses besoins, elle opta pour le
plus vieux métier du monde.

Etrangement, elle résistait à tout.
Les évènements la touchaient quelques
heures,
Puis elle relevait la tête.
Tout semblait glisser sur elle.

Cette jeune fille m'aurait été bien utile,
Elle aurait été parfaite.

Et un jour, dans une cave, elle rencontra ton
père.

Tu vois, Petite, la vie a réuni deux pauvres
âmes peu ragoûtantes.
Et pourtant ils avaient une soif intense de
s'en sortir,
Un besoin furieux de se battre
Pour parvenir au meilleur.
Ils ne demandaient pas la richesse, ni
l'oisiveté.
Non, ils voulaient juste être libres.
Et après leur fuite,
Il n'y aurait aucun retour en arrière.
Les deux amants discutèrent longtemps du
plan.
La décision était osée mais il fallait la tenter.
Ils allaient se rendre.
Pas à ceux qui leur avaient promis une fin
rapide.
Ils se rendirent à la police.

X

Un vendredi après-midi de mai.

Le ciel est toujours aussi immaculé de bleu tandis que le petit groupe se gare sur le premier parking des bois de Païolive.

Julien et John sont venus la chercher en début d'après-midi et Claudie a somnolé tout le trajet en voiture. Les chouquettes et le babillage de la brave Brigitte ont eu raison de sa vitalité, ainsi que les quelques heures chez la malade. Fort heureusement, la pipelette avait rangé sa langue, mais Claudie s'était inquiétée parce que leur amie semblait bien plus faible que les autres jours. Elle avait à peine ouvert la bouche. Les deux femmes étaient ressorties de la maison bien secouées, émues aux larmes mais se contenant l'une face à l'autre. Claudie avait manqué d'appétit le midi, le cœur gonflé d'un triste pressentiment. Lorsque John et Julien étaient arrivés, elle avait hésité, ce n'était pas le bon moment, elle voulait ressasser sa peine, rester seule. Les deux hommes avaient discuté un petit moment, comprenant son désarroi mais persuadés que cette sortie lui changerait les idées. Elle était bien consciente que rester enfermée ne changerait rien à l'état de Lucie.

Elle avait versé quelques larmes, John lui avait pris la main, Julien restait mutique dans un coin, se mordant les lèvres. Claudie s'en voulait de l'image qu'elle dévoilait au seul ami de son frère, image pathétique pour une première rencontre.

Et puis Cerbère s'était dressé sur ses pattes, subitement, et avait lancé son formidable aboiement, en arrêt devant la porte de la cuisine. Alors Claudie avait suivi les deux autres.

Elle secoue la tête et réajuste son sac à dos en prenant la suite des hommes sur le départ. La jeune femme réalise que son désir d'expédition est totalement irrationnel car qu'espère-t-elle découvrir dans cette forêt ? Elle hausse les épaules et se dit qu'ils en profiteront pour passer un bon moment ensemble, que cela lui permettra de mieux connaître l'ami de son frère et que cela fera un peu d'exercice à Cerbère qui végète depuis qu'il est revenu sur ses tapis. Le molosse a l'air ravi, il trottine à ses côtés, la langue pendante hors de son énorme gueule. Claudie pousse un soupir de ravissement, après sa triste matinée.

Au début du sentier, se trouve un grand panneau de bois qui décrit les différentes balades possibles sur les lieux. La jeune femme constate que leur promenade est la plus courte, l'essentiel des chemins de randonnée balisés se trouvant de l'autre côté de la route, et bien plus longs. Ils vont donc faire une petite boucle d'environ deux heures, s'ils traînent beaucoup. Cela rassure Claudie qui n'a jamais été une grande marcheuse même si cette activité ne lui déplaît pas ; mais on ne part pas en randonnée seule.

« Encore une idée de mes parents adoptifs, toujours si angoissés ».

Ses deux autres compagnons ont déjà entamé la randonnée, sans se soucier de savoir si elle les suit. Elle se dépêche donc de leur emboîter le pas, surveillée de près par Cerbère, qui reste collé à ses basques comme un protecteur. Claudie sourit. Elle ne craint pas de se perdre car les lieux ont tellement été piétinés que le sentier se dessine sans hésitation, et constate aussi qu'ils sont loin d'être les seuls à cheminer là. Malgré l'absence de vacances scolaires à cette période, il se trouve déjà bon nombre de marcheurs sur le chemin ; certains doublent la jeune femme, armés de grands bâtons et de bonnes chaussures et Claudie ne peut s'empêcher de regarder ses pauvres baskets usées. Elle espère que le chemin ne sera pas trop compliqué. Julien n'a en tous cas rien dit à ce sujet, même si ce matin il a bien détaillé son équipement. Elle rougit rien qu'en pensant à la façon qu'il avait de scruter chacun de ses vêtements.

« Ma pauvre fille, tu es tellement seule que dès qu'un type te reluque tu manques t'évanouir » se fustige-t-elle mentalement.

Le sentier serpente entre les arbres, essentiellement des chênes verts, envahis de lichens et de lianes pendantes, alternant broussailles et grands rochers, couverts de mousse, ponctués d'étroites failles. Claudie a rejoint les deux autres, probablement parce qu'ils ont décidé de s'arrêter pour l'attendre, et Julien commence alors ses descriptions :

—Bon, la spécificité de Païolive c'est qu'on se trouve dans une forêt ancienne primaire, rupestre et conditionnée par le relief rocheux. C'est un relief dit karstique. Il se creuse sous l'action de la pluie qui réagit avec la composition chimique calcaire de la roche. On a donc beaucoup de fentes, grottes ou arches dans ce relief. Comme vous pouvez le voir, les racines de certains arbres prennent naissance dans les fentes naturelles de la roche et l'arbre pousse de façon irrégulière en recherchant le soleil. Ce qui nous donne ces aspects noueux et tordus. Ici nous avons essentiellement des chênes, verts ou blancs, des cades, des aulnes et des érables ; mais il y a aussi des cerisiers, des oliviers, des mûriers, des figuiers, bref beaucoup d'espèces différentes.

Le jeune homme a une belle voix grave mais il ne parle pas très fort et peu à peu Claudie ne l'entend plus vraiment. Ils marchent trop vite pour elle qui se laisse happer par la magie des lieux. Car c'est une forêt étrange que ce bois : ici pas d'arbres immenses, mais toute une végétation noueuse, emmêlée, brouillonne, qui croît sur la roche, et des rochers il y en a partout, sur le chemin, sur les bords du sentier, des grands que l'on traverse comme des murailles et d'autres qui forment des grottes.

La jeune femme regarde bien où elle met les pieds mais ses yeux sont en constante observation alentour. Elle a l'impression de se perdre dans une forêt hantée. Elle se fait la réflexion qu'elle entend beaucoup moins d'oiseaux que dans son jardin et pourtant c'est le printemps, ils devraient chanter à tue-tête. Mais non, on dirait que la forêt dort, silencieuse, malgré la traversée de hordes de marcheurs bruyants.

—C'est un relief, continue Julien, où on observe la première activité humaine il y a 80 000 ans. Les grottes alentour témoignent bien de cette occupation préhistorique. Mais dans Païolive, il y a eu peu d'habitat au fil du temps, probablement parce que l'eau était rare. Il y a eu un petit ruisseau, le Graveyron, mais qui s'est asséché depuis longtemps. Au pied des falaises escarpées que le bois domine, il y a le Chassezac, qui court toujours mais reste difficile à atteindre, très en contrebas. Enfin cette zone est aride et le relief chaotique. Tout cela a pu freiner l'installation pérenne des hommes. L'emblème des lieux est la Cétoine bleue qui est une espèce d'insecte en voie de disparition dans le monde, et ne peut se développer là où les hommes s'installent. D'ailleurs, la présence humaine trop intense dans ces bois est un problème et...

Claudie perd encore la trace du duo, doublée par un troupeau de randonneurs pressés. Avec Cerbère, ils décident de faire une petite pause à l'ombre d'un rocher et elle sort une bouteille d'eau de son sac ainsi qu'une petite gamelle pour le chien. Celui-ci lape avec entrain l'écuelle, projetant sa bave partout autour. Il fait déjà chaud.

—Elle est belle cette forêt, hein ? Mais elle est étrange. Elle me fait l'effet d'être peuplée de hobbits et de lutins peut-être ? On dirait que tout est immobile, figé, que la forêt attend...

« Et moi je parle à un chien. Tout va bien. »

Claudie sourit en fermant les yeux et s'appuie contre un tronc, se laissant envahir par les sons, essayant de distinguer les chants d'oiseaux, mais peine perdue, elle n'entend que les lapements de son chien et les voix éloignées des randonneurs qui discutent ou s'interpellent.

Après la pause, ils reprennent le sentier quelques centaines de mètres.

Puis survient le premier embranchement.

Claudie hésite, elle n'aperçoit plus les deux autres et la plupart des marcheurs tournent sur la droite. Alors elle secoue la tête et se dirige vers celui de gauche tout en pestant contre ses compagnons qui ne l'ont pas attendue.

—Ben s'ils voulaient faire la rando en amoureux, fallait qu'ils me le disent, grommelle-t-elle.

Elle fait quelques enjambées quand soudain, le formidable aboiement de Cerbère retentit un peu plus loin. Claudie se dirige vivement vers la zone, en contournant les roches énormes qui l'entourent, vérifiant tout de même qu'elle prend bien ses appuis car le sentier, brusquement, descend en pente raide parmi les ronces. Elle parvient tout de même, en râlant, dans une minuscule zone circulaire, très abritée et entourée de falaises abruptes. Au centre, au pied d'un grand chêne, se trouve Cerbère assis, la truffe en l'air et la langue pendante, comme souriant. Claudie lève le regard tout comme le chien et découvre une grande niche naturelle triangulaire, au fond de laquelle, on aperçoit quelque chose de sombre. La jeune femme s'approche tant qu'elle peut et scrute la zone située à plus de six mètres de haut, pour enfin deviner la statue de la Vierge posée à cet endroit. Elle observe avec minutie, mais la Vierge ne se distingue pas bien, brunie par le temps et enfoncée dans la faille, masquée par les feuilles des arbres alentour. Derrière elle, soudain, une voix inconnue murmure :

—Elle est belle non ?

Claudie se retourne vivement et tombe nez à nez avec un homme âgé d'une soixantaine d'année, qui lui sourit, le visage extatique, un grand bâton de bois à la main.

—Mais on ne la voit pas bien, répond-elle, en scrutant l'inconnu.

—Eh non, elle est cachée. Et puis elle a été sculptée dans le bois sombre de châtaignier. Mais savez-vous que celle-ci est la troisième ?

—Pardon ?

—En réalité il y a eu déjà deux Vierges ici, exactement au même endroit. La première fut déposée après la révolution, la seconde pour la remplacer en 1973 puis celle-ci, troisième du nom, en 2006.

Claudie réfléchit à ce que dit l'homme. Elle se demande bien pourquoi les gens ont souhaité placer une Vierge dans ce lieu isolé et peu facile d'accès. Et pourquoi remplacer chacune des statues au fil du temps ? Elle fera des recherches en rentrant, sur le Net il y a toujours une réponse.

—Et savez-vous quelle est sa portée ? reprend l'inconnu.

—Sa portée ?

Claudie reste méfiante mais les paroles du bonhomme l'intéressent. Elle le détaille en douce. Il a une drôle de façon de parler, lente. Mais il semble gentil. Il a l'air d'être seul et de connaître parfaitement les lieux. Il ne ressemble pas aux randonneurs suréquipés, lui seulement vêtu d'un jean et de sandales ouvertes. L'inconnu parle en souriant, et surtout, il caresse Cerbère sans aucune appréhension.

—Oui, les statues religieuses ont un rôle vous savez ; une fonction, une signification, ou une

146

portée. Quelque chose vers quoi les fidèles en prière peuvent se projeter pour leur demande…

—Ah oui, je vois ce que vous voulez dire, acquiesce la jeune femme.

—Alors cette Vierge, qui a changé plusieurs fois d'aspect mais jamais de rôle, est la Vierge de la Réconciliation, celle qui permet de dépasser les conflits, de les apaiser, de pardonner plutôt que de ressasser.

—C'est beau.

—Oui. C'est très beau et très sage.

L'homme sourit en regardant Cerbère qui se laisse papouiller, les yeux mi-clos, puis reprend :

—Mais dites-moi, ce chien aussi est bien sage. J'en ai connu un, très semblable, il y a longtemps mais il était bien plus fougueux. Comment s'appelle-t-il ?

—Cerbère.

—Oh mon pauvre ami, tu as reçu un nom qui ne te convient guère, murmure le vieil homme à l'oreille du chien. Puis il se redresse et lance : bonne balade mademoiselle !

Claudie le regarde s'éloigner en haussant les sourcils, quand ses deux comparses déboulent enfin à ses côtés, essoufflés :

—*Hey Claudie ! Je peur de perdre toi !* s'écrie John.

—Ah ben oui ! On te cherche partout, renchérit Julien, visiblement soulagé.

—Eh bien la prochaine fois vous m'attendrez, bande de rustres !

—Tu as raison, répond Julien. Je voulais que nous parvenions à cet endroit à la fin de notre rando. Mais ce n'est pas grave, nous ferons le chemin à l'inverse.

—*Tu vois. Je savoir, c'est le même chose de ton dessin,* lance John en montrant la sculpture perchée.

—C'est vrai. C'est la même Vierge que celle de Lucie. En plus grande.

Les trois amis se recueillent quelques minutes, leurs visages tournés vers la haute grotte. Le temps semble arrêté autour d'eux, même le son des troupeaux humains ne leur parvient plus, ici.

—Julien, est-ce que tu sais pourquoi cette Vierge a été remplacée plusieurs fois ? demande Claudie.

—Oui. La première était en plâtre et a mal vieilli. La seconde en bois s'est beaucoup abîmée avec le temps. Celle-ci sera un jour remplacée par une autre…

—Il y avait un vieux monsieur avec moi, tout à l'heure, reprend-elle. Il m'a dit que c'était la Vierge de la Réconciliation. Mais je ne sais pas encore si cela veut dire quelque chose pour Lucie.

—Un vieux monsieur ? demande Julien en se grattant le menton. Peu de gens connaissent l'histoire de cette Vierge. Peut-être était-ce l'ermite ? Mais c'est rare. Il ne traîne pas ici quand il y a du monde.

—Quel ermite ?

—De l'autre côté de la route, il y a une randonnée qui passe près d'une vieille chapelle, L'Ermitage de

Saint Eugène, explique le jeune guide en souriant. Pendant longtemps, ce lieu a été abandonné. Et puis en 1956, un Dominicain a décidé d'y faire des fouilles archéologiques et a entamé les premiers travaux de reconstruction. Mais l'ensemble, chapelle et habitation, n'a été vraiment reconstruit qu'à l'arrivée du moine Cistercien, Jean-François Holtof, en 1995. Depuis, il vit ici et donne des messes.

—C'est lui que j'ai vu ?

—Je ne sais pas.

—C'est vrai qu'il parlait comme un homme d'église.

—Mais par définition, un ermite vit loin de la société et ne s'y mêle pas… Parfois, il y a des invités à l'Ermitage, des compagnons qui y effectuent des travaux. Ou d'autres moines, en retraite. C'est plus sûrement l'un d'eux que tu as croisé… Bon ! On continue ?

Et le petit groupe de reprendre sa marche, les hommes se retournant, cette fois, régulièrement pour vérifier que Claudie les suit toujours.

« Mais ce moine connaît Cerbère » se répète la jeune femme tout le long de la randonnée.

Cerbère trottine à faible allure, il ne veut pas perdre Claudie qui fait une piètre randonneuse. Elle est tellement absorbée par ce qu'elle observe autour d'elle, qu'elle se traîne. Mais il accepte sans sourciller.

Il connait ces bois par cœur, il est déjà venu plusieurs fois, et lui aussi a reconnu l'homme qui est apparu auprès de la Vierge. Il a même connu ses prédécesseurs. Dans des conditions très particulières.

Cerbère plonge dans ses souvenirs et essaie de ne pas laisser la colère l'envahir tout à fait.

A cette époque, les flics avaient plus de
liberté.
Certains s'entendaient avec les mafieux.
Au risque de se perdre.
Angel voulait choisir le bon.
Et il ne se trompa pas.
Un jeune flic aux dents longues comprit
rapidement l'avantage de la situation.
Angel était prêt à tout balancer,
En échange de protection et d'immunité.
N'étant pas le plus gros poisson du clan,
Le soustraire à la justice des hommes ne
posait nul problème de conscience.
Mais le cacher à la vindicte des autres
membres du clan
Serait bien plus ardu.

Dans la communauté, il n'y a pas de balance,
Même parmi la lie des hommes.
Angel s'apprêtait donc à transgresser toutes
les règles.

Les policiers entamèrent leur chasse,

Sur les révélations d'Angel,

Et les cellules du commissariat se remplirent peu à peu.

Le couple, menotté, fut enfermé dans l'une d'elles,

Un peu à l'écart mais bien visible de tous les suivants.

Ainsi, Angel passait pour l'une des premières victimes,

Ce qui le blanchissait.

Il croisa nombreux de ses anciens associés.

Les bouches étaient cousues

Mais leurs yeux lançaient des flammes.

Angel fit de même.

Les procès se firent à la vitesse éclair.

Les prisonniers furent prestement répartis dans les prisons du pays.

Au même moment, les noms d'Angel Corsi et de Rachel Rose

Disparaissaient des fichiers français.

XI

Un vendredi soir de mai.

La randonnée s'est terminée tôt. Après la rencontre avec la Vierge, le trio ne s'est plus quitté, ses compagnons attentifs à l'allure de Claudie, faisaient régulièrement des pauses pour le chien et pour observer alentour. Elle a adoré cette balade dans ce décor singulier et comprend que Julien en parle avec des yeux énamourés. Elle aussi s'est laissée prendre par le charme puissant de ce bois silencieux et figé, comme si tous les oiseaux avaient fui la zone et comme si aucun brin d'air ne s'engouffrait dans les feuillages. Julien a souri lorsqu'elle a décrit les bois ainsi mais il ne s'est pas moqué d'elle, au contraire.
Et cet après-midi a aussi permis à la jeune femme d'évacuer sa peine.
Enjouée, essayant de ne pas penser au lendemain qui sera peut-être triste comme ce matin, la jeune femme a sorti ses casseroles et s'est lancée dans la préparation du repas. Elle ne fera pas les ortolans, il est trop tard, mais de bons spaghettis

dont son frère raffole, avec une généreuse sauce oignons-crème fraîche-lardons. Et ainsi, Cerbère pourra lui aussi profiter du festin. Elle chantonne dans la cuisine, tandis que les deux autres discutent en anglais dans le salon. Elle ne comprend pas tout mais constate que dans sa langue maternelle, son frangin est presque bavard. Ça la fait sourire.

C'est le moment que choisit le grand échalas pour surgir dans la cuisine, sans prévenir, comme à son habitude.

—Ah ! Tu m'as fait peur ! s'exclame Claudie, tandis que la porte de la cuisine s'ouvre brusquement sur la nuit.

—Toujours émotive, répond le poulpe en souriant.

—En ce moment, tout le monde rentre chez moi comme dans un moulin, grommelle-t-elle.

—Tu ne les aimes pas beaucoup, hein ?

Et il sourit en jetant un œil par la fenêtre où Claudie a déjà constaté qu'il n'y avait aucun signe de vie au campement.

Le poulpe ne s'éternise pas et rejoint les deux autres.

Après le repas, où ils ont discuté de tout et de rien, les quatre amis se retrouvent au salon. Pas de feu dans l'âtre ce soir, mais le chien se couche devant la cheminée quand même et au bout de quelques secondes seulement, laisse entendre un profond ronflement. Claudie sourit, amusée de constater que ce chien semble bien plus fainéant que lors de ses précédentes visites, signe de son vieillissement inéluctable.

Dans le salon, Julien décrit la visite au poulpe :

—…et très vite nous nous sommes perdus. Il y a beaucoup de monde sur le sentier quand il fait beau, et avec John, on n'a pas vu tout de suite que Claudie ne suivait pas. Bon, par déduction, on a compris qu'elle avait pris le sentier à l'envers et on l'a retrouvée devant la grotte. Donc effectivement, d'après le dessin de Claudie c'est bien la même Vierge. Pour en être certains, il faudrait avoir la petite statue dans les mains.

—Oui, je passe la récupérer demain matin chez Lucie, répond Justin.

—Et un type m'a dit que c'était la Vierge de la Réconciliation, enchaîne Claudie. Tu crois que c'est important ?

—Un type ? demande le poulpe. Quel type ?

—On ne sait pas, répond Claudie en haussant les épaules. Il ne s'est pas présenté. Je dirais la soixantaine, un look de moine avec un bâton.

—Mmm.

—Ce n'est probablement pas Holtof, continue le guide. Il vit reclus la plupart du temps. Bien que ces dernières années, il ait accepté d'apparaître à la télé dans des reportages. C'est fou comme les ermites fascinent… Mais cela peut être un marcheur lambda un peu féru d'histoire, ou un invité de l'ermitage qui fait une retraite. C'est important de savoir qui c'est ?

—Je ne sais pas, répond Justin laconiquement.

—Mais il a parlé du chien, murmure Claudie.

Le poulpe s'est soudain tourné vers elle et ses yeux virevoltent de la jeune femme au molosse qui ronfle à leurs pieds. Claudie s'empresse de continuer :

—Il a dit, enfin, si je me souviens bien, qu'il avait croisé un chien identique à Cerbère, il y a longtemps, et que l'autre chien n'était pas aussi « sage ».

Elle hausse les épaules. John et Julien discutent entre eux tandis que le poulpe se contente de rester parfaitement immobile, le visage subitement rouge comme frisant l'apoplexie.

—Oh, Justin, ça va ? demande la jeune femme.

L'homme semble revenir parmi eux et son teint retrouve alors sa pâleur habituelle. Il gigote un peu dans son fauteuil puis se frappe la cuisse en annonçant :

—Bon ! Alors moi j'ai discuté, ce matin, avec le fossoyeur à la retraite, couché dans son lit. Il a exactement les mêmes symptômes que Lucie. Il m'a donné la casquette, et on dirait un modèle des années quatre-vingt. Mais surtout il a parlé de ce qui se passe au cimetière…

—Personnellement, à part la roulotte en face, je n'ai rien vu de particulier, souligne Claudie.

—C'est normal, reprend le poulpe. Cela se passe quand tout le monde dort.

—Mais que se passe-t-il ? demande Julien.

—Il y a un certain caveau, qui ressemble à une petite maison, un caveau très ancien, dont la porte est régulièrement ouverte et laissée ainsi, comme si quelqu'un venait y faire une petite visite.

—Ah ! La belle affaire ! s'exclame Claudie. Tu vas croire aux fantômes maintenant ?

—Mais ce caveau est singulier. Et la porte est fermée à clef par le fossoyeur.

—Je sens arriver l'une de tes théories fumeuses.

—Arrête de te moquer, Mademoiselle Chance.

—Justin, tu m'énerves déjà…

—Bon, tout d'abord, ce caveau appartient à notre brave Lucie !

Et Claudie ne peut s'empêcher de baisser la tête en repensant à son amie si faible. Elle ne veut pas laisser entrer dans sa tête que ce caveau risque probablement d'être utile dans peu de temps. Claudie secoue la tête, elle refuse d'y penser.

—Mais ce n'est pas vraiment un tombeau mortuaire, reprend Justin. En réalité, elle possède deux caveaux dans le cimetière : celui qui sera sa dernière demeure et une autre tombe.

—*Tu parles trop compliqué*, gémit John.

—Oui, donc en clair, cette deuxième construction n'est pas une tombe. Elle n'est pas prévue pour enterrer un corps.

—Mais elle sert à quoi, alors ? demande Julien.

—D'après les registres de la mairie, c'est plutôt un cénotaphe.

—*Une quoi ?*

—Un cénotaphe. C'est un monument construit à la mémoire des morts mais qui ne contient pas de corps. Comme les monuments aux morts dans nos villages, qui sont des cénotaphes, eux aussi.

—Donc construit à la mémoire d'un mort de la famille de Lucie ?

—Mmm. Je vais poser la question à Lucie demain matin.

Le petit groupe sirote sa tisane en silence. Ils se regardent sans se voir, plongés dans leurs pensées.

—Il y a des inscriptions sur ce machin ? demande Claudie.

—Oui, répond le poulpe les yeux pétillants. Et c'est là où c'est croustillant : sur le caveau, il y a écrit PAIOLIVE. Et c'est tout. Pas de date, pas d'autre nom.

Les trois autres ouvrent de grands yeux en s'observant à tour de rôle.

—Tout nous ramène vers ce bois, murmure-t-elle. Pourquoi ?

—Mmm. Je crois qu'on cherche à nous aider, Claudie. On nous met sur la piste mais nous, pauvres mortels, nous ne comprenons rien…

—Moi non plus je ne comprends rien à ce que tu dis, Justin.

—Tu viens de le souligner toi-même ! Tout nous ramène au bois de Païolive ! Le caveau qu'on laisse ouvert pour qu'il se démarque des autres tombes, la statuette de Lucie, l'accident de voiture sur la route qui traverse cette zone…

—Tu crois que tout est lié ?

—Parfaitement. Et j'ai idée que tous les cadeaux de nos voisins malades sont en rapport. J'ai donc pu récupérer la casquette, et le collier. Il manque la statuette que j'irai chercher demain.

—Oh j'ai oublié ! s'exclame Claudie brusquement. Brigitte m'a dit que la boulangère était malade elle-aussi !

—Donc cela continue encore, murmure le poulpe. Je parie qu'elle aussi a reçu un petit quelque chose…

Claudie réfléchit à ce que vient de dire la méduse et se creuse les méninges pour découvrir quel lien relie tous ces malades, mais surtout qui pourrait vouloir leur donner des indices dans le village.

« Cela sous-entend que quelqu'un sait des choses. Mais quelle façon tortueuse et dangereuse de se manifester ! »

Claudie bout soudain :

—Mais pourquoi ne pas parler au lieu de toutes ces manières de faire ? Ce n'est quand même pas compliqué de venir me voir, ou toi ou les gendarmes, et de dire « moi je sais des choses » ! C'est fou quand même ! Et qui aurait cet esprit pervers pour rendre les gens malades ! La pauvre Lucie risque d'y laisser sa peau quand même !

John et Julien acquiescent à l'unisson ; mais le poulpe a réponse à tout :

—Mmm. C'est un peu plus compliqué… Mais j'ai une bonne nouvelle. Le fossoyeur m'a dit autre chose : il semble que la fameuse nuit d'orages de

1983, il a vu nos deux sœurs criminelles, devine où ?

—Où donc ? s'écrie Claudie.

—Au cimetière, chuchote le grand maigre.

La jeune femme ouvre la bouche sur un cri silencieux mais les questions se bousculent sur ses lèvres. John est plus rapide :

—*Pourquoi lui pas dire ?*

—Il n'a pas compris sur le moment, je crois, ce qu'il voyait. Mais depuis, cette vision le ronge.

—Alors c'est lui qui sème des indices ?

—Pas du tout. Il est dans le même état que Lucie, couché au fond de son lit. Impossible.

—Oh, je ne comprends rien ! explose la jeune femme.

Justin s'approche d'elle et pose sa grande main sur son épaule.

—Moi non plus, je ne comprends pas tout encore, mais sois patiente. Nous avons une belle avancée : on a limité la zone de recherche du corps de ta mère.

—Tu penses au cimetière ? Mais c'est grand un cimetière !

—Réfléchis, Mademoiselle Chance.

Claudie fronce les sourcils et essaie de se concentrer mais décidément, ce soir, elle n'est bonne à rien, rongée d'inquiétudes.

—Dans le cénotaphe ? chuchote Julien peu convaincu.

—Exactement ! s'écrie le poulpe en jetant ses grands bras au plafond, au risque de renverser sa tisane.

Puis il enchaîne :

—Arthur demande l'autorisation d'ouvrir le monument. Et il faut se dépêcher car notre Lucie n'est pas en forme, mais il nous faut son accord.

—Mais pourquoi ont-elles choisi ce tombeau, reprend Claudie, les larmes aux yeux. Si c'est bien là que…

—Un lieu vide, loin de la rivière, facile à retrouver et surtout insoupçonnable. Les sœurs Baswell connaissaient bien Lucie. Elles devaient le savoir.

Il fait frais dans les ruelles du vieux Joyeuse, sous la nuit noire ; et ce n'est pas encore la saison de s'y promener après le dîner. Toutes les portes et les volets sont clos depuis plusieurs heures maintenant, et les alentours se peuplent des hululements de chouettes et du vol des chauves-souris.

Mais sous le pont du Bourdary, au bord de la petite rivière, sous la grande maison qui abrite une malade, une vieille porte s'entrouvre en grinçant.
Dans la pénombre, deux silhouettes se faufilent à l'intérieur de la bâtisse, subrepticement.
La première est grande et les reflets du réverbère illuminent fugacement ses longs cheveux roux, tandis que la seconde, noire comme la suie, ne laisse deviner que deux grands yeux aux aguets.
La porte se referme derrière les deux intrus, sans bruit.

La voix de Kali - 11

La police fut efficace.
La totalité des chefs du clan fut appréhendée.
Tout comme tes parents.
Il fallait que la comédie soit complète.

Angel restait méfiant.
Rachel alla dans un centre de détention pour femmes.
La journée, elle travaillait en atelier carcéral,
Le soir elle regagnait sa cellule.
Sans un mot.
Ses codétenues la surnommèrent « la Muette ».

Pour ton père, ce fut plus compliqué.
Emprisonné en 1974 dans une prison du Gard,
Il comprit rapidement que quelque chose clochait.
Un vent de révolte soufflait dans les établissements pénitentiaires,
Surpeuplés, vétustes, et insalubres.

Même les prisonniers ont des droits.

Et à l'été, fin juillet, tout explosa.
Des prisonniers mirent le feu puis se réfugièrent sur les toits.
Ton père suivit le groupe, sans faire de vagues.
Le gouvernement envoya l'armée.
Les prisonniers se retranchèrent.
Il y eut des tirs, des blessés et des morts.
Ton père prit une balle perdue,
Blessure sans gravité.

Son protecteur policier en profita,
Le transférant en douce dans une planque.
Rachel le rejoignit rapidement.
On allait leur fournir de nouveaux papiers,
Une nouvelle identité.
Angel pensait que le contrat finalement avait été respecté.
Il se voyait déjà libre.

Mais il faut toujours se méfier des jeunes loups aux dents longues.

XII

Un samedi matin de mai.

Claudie s'est levée avec une migraine atroce. Elle se précipite dans la cuisine pour prendre une aspirine au lieu de sa sempiternelle tasse de thé. Distraitement, elle jette un œil au campement où rien ne bouge, et en ouvrant ses volets, elle se félicite de constater que la bohémienne ne l'attend pas en silence. Mais en baissant les yeux, la jeune femme s'écrie avec colère :
—Purée ! Elle m'a laissé son seau !
En haut des marches de sa terrasse, l'objet trône, tel un message subliminal. Cerbère passe le portillon, revenant d'une courte balade matinale et s'assoit à côté du seau, la langue pendante. Claudie râle et ronchonne, mais finalement, comme poussée par le regard du chien, elle s'en empare et va le remplir. Toujours en râlant, elle le transporte jusqu'à la roulotte où elle le dépose, sans ménagement, au même endroit que la veille, tandis que le cheval qui semblait l'attendre, s'y

délecte goulument. En partant, elle ne peut s'empêcher de laisser sa colère s'échapper :

—Et me dites pas merci surtout !

La migraine lui vrillant les tempes et la cervelle farcie d'injures, la jeune femme fonce sous sa douche, sans un regard pour le chien qui la surveillait depuis la terrasse, allongé tel un sphinx sous le mûrier.

Claudie vient à peine de se sécher la tête qu'elle distingue au loin la sonnerie de son portable. Intriguée par l'heure matinale de l'appel, elle jette sa serviette et se précipite.

—Salut Claudie, commence le poulpe avec une voix grave.

—Un problème ?

—Mmm… Lucie est décédée cette nuit.

—Oh, souffle la jeune femme en s'asseyant, bouleversée par la nouvelle.

—Tu peux venir ? Brigitte est déjà là. On t'attend.

Et il raccroche sans plus s'étendre.

Sur le visage de la jeune femme, les larmes s'écoulent silencieusement.

Elle observe par sa fenêtre, la grande bâtisse carrée de cette amie, qu'elle ne reverra plus. Le cœur gros, elle se remémore les courts chandails vaporeux et les petits chapeaux à bibi dont la vieille dame était friande. Elle revoit ses petits yeux malicieux et son sourire doux, ses petites mains fripées mais rassurantes. Lucie fut bien plus qu'une voisine ou qu'une amie. Peu à peu, sans fracas, elle fit partie du cercle proche de Claudie, comme une tante ou une cousine, si chère à son cœur. Claudie pleure sans pouvoir s'arrêter. Les sanglots s'échappent avec les larmes.

Cerbère est venu la rejoindre et pour la première fois, le gros chien lui lèche la main. La jeune femme redouble de pleurs et enfouit son visage humide dans la fourrure de l'animal qui se laisse faire, sans broncher.

Les minutes passent et peu à peu, la jeune femme retrouve son calme. En reniflant, elle s'écarte du grand chien noir et se mouche. Puis elle se lève et courageusement va se préparer à rejoindre les autres, là-bas, au bout de la rue.

Claudie a quitté la maison sans un regard alentour, trop concentrée à ne pas craquer. Elle semble revivre ses dix-neuf ans, quand elle enterrait ses propres parents adoptifs. Elle avance d'un pas vif mais ne se précipite pas pour autant, essayant malgré tout de retarder le plus possible le moment fatidique de sa dernière rencontre avec Lucie, figée et les yeux clos. Cerbère est resté sur la terrasse et elle réfléchit soudain qu'elle n'a pas prévenu John.

« En même temps, pas sûre qu'il se sente concerné ».

Il sera bien temps de lui annoncer la mauvaise nouvelle, plus tard.

Après une grande inspiration pour se donner du courage, la jeune femme pousse le battant entrouvert de la porte d'entrée. Elle gravit les marches raides, une à une, distinguant à peine des bribes de voix à l'étage. Il fait frais et elle frissonne, le cœur en miettes.

Justin est apparu en haut de l'escalier et sans un mot l'accompagne auprès de la morte. Lucie repose déjà habillée, sur son grand lit vide, les édredons duveteux et les oreillers moelleux ayant, ce matin, disparu, probablement enfermés dans une armoire. La jeune femme détaille son amie, qui semble dormir, le visage paisible et les mains jointes sur un petit chapelet rose. Brigitte la rejoint et lui chuchote :

—Je lui ai enfilé une robe colorée, pastel, elle ne voulait pas de sombre... Elle a laissé toutes les instructions sur son secrétaire. C'était posé bien en vue, comme si elle savait la pauvre que c'était sa dernière nuit. Quelle tristesse...

La brave dame de compagnie a les yeux rougis à force de larmes et renifle bruyamment. Claudie ne sait pas du coup ce qu'elle doit faire. Brigitte lui explique que c'est Cerise qui a prévenu le docteur très tôt ce matin en constatant le décès, parce que pour la première fois elle n'avait pas été réveillée toute la nuit par la toux.

—La pauvre, maintenant elle est paisible, conclut-elle.

Justin les rejoint dans la chambre avec une liasse de feuilles entre les mains et Claudie y reconnaît l'écriture délicate de sa vieille amie. Elle interroge le poulpe du regard mais celui-ci hausse juste les épaules sans commentaire. Il erre dans la chambre, scrutant chaque recoin quand tout à coup il se tourne vers Claudie :

—Où est la statuette ?

Stupeur dans la chambre.

Brigitte ne sait pas de quoi l'on parle et Claudie tourne son regard en tous sens, s'éveillant soudain de sa torpeur.

—Tu n'as pas vu une statue en bois, Brigitte ? Une statue de Vierge ? Elle était posée là, quand je suis venue la dernière fois, demande Claudie en pointant du doigt l'une des tables de chevet.

Brigitte semble réfléchir intensément mais nie de la tête : non, une Vierge en bois, aucun souvenir, elle n'a pas vraiment fait attention.

Les trois amis décident de fouiller les lieux entièrement à la recherche de la sculpture, ouvrant commodes et armoires, dans la chambre d'abord puis dans toutes les autres pièces de la maison. La manœuvre leur prend une bonne heure mais force est de constater que la statue n'est nulle part. En dernier recours, Justin contacte Cerise puis le médecin, les deux seules autres personnes à être entrées sur les lieux, mais là encore, l'opération fait chou blanc.

Claudie et le poulpe se regardent fixement.

—Ça sent mauvais, Claudie, je n'aime pas ça.

—Pourtant, cette statuette en elle-même ne t'aurait rien appris de plus. Nous ne pourrons plus interroger Lucie maintenant.

—Tu ne comprends pas. Cerise affirme que personne n'est venu hier soir et que la statuette était là.

—Mon Dieu ! souffle Claudie. Tu penses que quelqu'un s'est introduit en douce cette nuit dans la maison ? Mais alors, Lucie… ?

—Vérifions s'il y a eu effraction.

Guidés par Brigitte qui connaît bien les lieux, les deux journalistes auscultent les fenêtres et portes du bas ainsi que la cave. Mais peine perdue, il n'y a aucune trace d'intrusion, tout semble normal, bien fermé à double tour. Leur mystère reste entier.

—Peut-être que quelqu'un avait la clef ? échafaude Claudie à voix haute. Et Cerise doit avoir le sommeil lourd si elle n'a rien entendu.

Le poulpe a sa mine des jours mauvais et quitte la maison sans dire au revoir. Claudie hausse les épaules et rejoint Brigitte qui s'affaire dans la chambre de la morte.

—Regarde, ma petite Claudie, notre pauvre Lucie nous a bien tout consigné sur ces pages. Tu m'aideras, n'est-ce-pas ?

La jeune femme acquiesce et parcourt des yeux les fines pattes de mouche de l'institutrice. Il y est mentionné la tenue pour son dernier voyage et les coordonnées des pompes funèbres en charge de son enterrement, ainsi que le nom du notaire. La vieille dame a précisé qu'elle n'avait plus de famille proche et Claudie sent alors tout le poids du chagrin s'abattre sur elle. Pauvre Lucie, si seule... Elle-même s'est longtemps crue dans une situation similaire avant de découvrir qu'elle avait un frère. Mais pourrait-elle charger John de ses dernières volontés ? Et que lui dire ?

Elle pense alors que le laisser décider seul le moment venu serait la meilleure façon, pour tout. Elle refuse de réfléchir à toutes ces choses sombres ; pour les avoir déjà vécues, elle sait profondément que savoir n'amenuise en aucune façon la peine et le chagrin. Il lui semble même que cela rajouterait de l'angoisse à John de ne pas coller exactement aux dernières volontés de sa sœur.

« De toutes façons, qu'importe. Quand on est mort, on s'en fout bien. »

—Brigitte, demande soudain Claudie, tu savais que Lucie avait un caveau vide au cimetière ?

—Un caveau vide ? demande la dame de compagnie curieuse.

—Oui. Un truc qu'on érige à la mémoire des morts mais sans corps. C'est Justin qui nous l'a appris hier soir.

—Quelle étrange idée.

Ce matin, Brigitte n'est pas volubile.

Claudie songe que la brave dame semble comme « éteinte » et elle partage cette peine. Les sourires et les moqueries reviendront plus tard.

La jeune femme hausse les épaules et continue de ranger la maison, sous la houlette de Brigitte qui dirige les opérations à mots feutrés, en se tamponnant les yeux.

Derrière les vitres de sa roulotte, la bohémienne fulmine.

Elle a calmé les deux jeunes surexcités par leur soirée, en leur intimant, à la seule force de son regard, de se tenir tranquilles tout le jour.

Hors de question qu'ils gambadent à nouveau dans les rues ce soir.

Malgré tous ses conseils, ils se sont échappés et n'en ont fait qu'à leur tête. Elle redoute que le village ne les cible rapidement après leur forfait.

Ils n'ont donc rien appris à ses côtés ?

La vieille ne décolère pas et épie sans relâche derrière ses rideaux.

La voix de Kali - 12

Antonio et Rosa Carbini furent leurs nouveaux noms,
Leur ticket pour la liberté.
Un mensonge.
Le jeune flic s'avérait plus retors que prévu.
Il avait besoin d'eux dans une autre affaire.

Le couple devait intégrer une communauté du fond de l'Ardèche.
Ainsi ils feraient coup double :
Une bonne planque pour se faire oublier du clan,
Et la surveillance étroite du meneur, qui menaçait l'ordre public.

Ainsi les deux amoureux partirent jusqu'à Rochebesse.
Ils y furent accueillis sans question, pourvu qu'ils soient durs à la tâche.
Angel prit grand plaisir à reconstruire une ruine pour en faire leur foyer,

Puis il prit part aux travaux des champs.
Rachel s'occupa, avec les autres femmes,
Des chèvres, des fromages et de surveiller les
enfants du groupe.
Ce furent de bons moments.

Intelligent et calme, Angel fut vite inclus dans
les réunions décisionnaires du groupe.
Sa parole était écoutée.
Mais là encore, il se posait plutôt en
observateur,
Essayant de ne pas se faire remarquer.
A l'automne 1974, la communauté connaissait
déjà de grosses difficultés d'argent.
Les trois meneurs, dont Pierre Conty,
redoutaient l'hiver :
Les réserves de nourriture étaient faibles et
l'argent épuisé.
S'arroger le droit de travailler la terre des
autres n'avait pas résolu leurs problèmes.
Au contraire, la haine à leur encontre montait
dans les villages alentour.

Un soir, Angel apprit que l'un des leurs avait cambriolé une maison secondaire.

L'argent obtenu fit tourner les têtes de certains.

Les vieux couplets contre les riches animèrent facilement la fin de soirée.

Ton père rentra dans son foyer, l'esprit torturé.

Il avait reconnu l'envie et la colère dans les yeux fous de certains.

Ces hommes faisaient le premier pas vers le non-retour.

Angel sentit venir les ennuis.

XIII

Un samedi après-midi de mai.

Après un repas léger en famille, au cours duquel Claudie a informé son frère, du décès de leur amie, la jeune femme se repose un peu dans son salon. Cerbère a disparu de la circulation. Même John n'a pas semblé choqué par la nouvelle et il avait à faire avec Hervé dans la vigne. Au loin, Claudie entend le moteur du tracteur.
Elle ferme les yeux quelques minutes et s'endort, comme une souche.

Elle se réveille brusquement et totalement perdue, avec la sonnerie du téléphone. Claudie reconnaît le numéro de Brigitte et se remémore qu'elle est censée l'aider.
—Oui, Brigitte.
—Ah ma petite Claudie. Je dois voir monsieur le curé dans trente minutes. Est-ce que tu veux bien m'accompagner ? Je suis certaine qu'à nous deux, les choses seront mieux faites, tu comprends ?

—Oui, oui, je comprends. J'arrive. Je te rejoins à l'église.

Claudie est obligée de se lever, à nouveau la mort dans l'âme.

Elle range le plaid qui la couvrait et referme la porte de la cuisine en prenant la route. Au loin, les silhouettes d'Hervé et John se découpent dans l'habitacle du tracteur. Son frère a bien de la chance d'échapper à toutes ces obligations.

« Ma pauvre fille, si tu ne peux même pas faire les dernières volontés de Lucie, quelle piètre amie tu fais ! » se fustige-t-elle en silence.

Elle secoue la tête et continue son chemin, vers le centre du village. En passant devant la grande maison carrée, elle adresse un baiser de pensée à son amie couchée immobile sur son grand lit rose, puis elle remonte la rue du Mas vers la place de la Bourgade. Le temps ne s'est pas mis au beau ce matin, il fait gris et presque froid pour la saison.

Même le ciel est triste du départ de Lucie Chauvet.

Après la place de la Bourgade, Claudie choisit la voie piétonne, la rue de Jalès, qui monte en pente douce le long des anciennes fortifications du château : une ruelle très étroite et sombre, pavée de galets, sinueuse. De part et d'autre de la venelle, les maisons se font presque troglodytes, leurs ouvertures étroites et rares, leurs portes d'entrée basses. La ruelle est toujours ventée, il y fait encore plus frais qu'ailleurs, la bise fouettant comme un souffle glacé. Par endroit, de maigres plantations essaient de grimper aux façades pour chercher la lumière plus haut, donnant à l'ensemble un aspect mystérieux. Claudie a toujours aimé ce passage peu fréquenté. Il lui rappelle les contes d'enfants, certaine qu'avant, les sorcières peuplaient ce lieu tranquille et un peu effrayant.

Après un passage vouté sous une maison, la jeune femme débouche au square François André, où se situe un glacier, les Thés du Square, tenu par un jeune couple dynamique et charmant, Karim et Marjorie. La jeune femme adore siroter leur thé à la châtaigne. Il y a déjà du monde en terrasse mais Claudie détourne le regard, envahie de tristesse. Puis elle gravit, sur sa droite, une belle montée d'escaliers larges, menant directement à l'entrée de l'église Saint Pierre de Joyeuse. Dans un dernier effort, elle entre sans bruit dans l'édifice glacial. Au fond de la nef, Brigitte est en grande conversation avec deux hommes, dont l'un, vêtu de sa soutane, ne cache pas sa fonction. Claudie s'approche lentement, redoutant l'échange de formalités, mais reconnaît peu à peu le second interlocuteur.

Il s'agit du randonneur croisé au pied de la Vierge dans les bois de Païolive.

« Qu'est-ce qu'il fout là, celui-là ? » se demande-t-elle, tandis que Brigitte lui fait de grands signes.

—Ah ! Claudie, te voilà, chuchote son amie. On commence à peine. Mais rassure-toi, nous n'aurons pas grand-chose à décider, Lucie avait tout planifié.

—Bonjour, Madame Vielleux, lance le jeune prêtre, d'une voix forte, en lui tendant la main.

—Bonjour, euh…mon père.

Le randonneur sourit, semblant se moquer de la jeune femme qui lui jette un regard courroucé.

—Vous n'êtes pas avec votre chien, murmure ce dernier. Quoique les animaux ne sont pas admis, ici…

—Bien ! Alors si nous sommes tous réunis, reprend le prêtre, nous allons commencer. Je dois vérifier avec les pompes funèbres quelle date pourrait convenir mais je pense que lundi après-midi fera l'affaire. Qu'en dites-vous mesdames ?

Brigitte et Claudie acquiescent dans un bel ensemble.

—Parfait ! Les équipes municipales ouvriront le caveau de Madame feu Chauvet dès demain, afin de vérifier que tout est en ordre. La messe pourrait se tenir vers 14h. Est-ce que cela conviendra ?

—Vous parlez du caveau Païolive ? ne peut s'empêcher de demander Claudie.

—Païolive ? répond le prêtre. Non, celui-ci n'est pas une tombe vous savez. Non, non, le caveau familial. J'ai vérifié, il se trouve dans la partie basse du cimetière, la partie ancienne. Il y a déjà les parents de feu Madame Chauvet et il reste sa place. L'équipe municipale se chargera de vérifier que tout est en ordre à l'intérieur. Hum !...

Parfois, les pluies fortes inondent cette zone, alors il faut vérifier, vous comprenez ?

Et sans attendre de réponse il enchaîne :

—Je vous encourage à commander les fleurs dès demain matin afin que le fleuriste ait le temps de préparer et de livrer, puis il nous faut maintenant choisir les chants que vous souhaitez lors de la cérémonie.

—Vous savez, j'ai ici la liste que Madame Chauvet a proposée, intervient Brigitte. Alors voilà…

Et Claudie n'entend plus.

Elle ne voit pas bien en quoi sa venue était indispensable mais elle reste droite aux côtés de son amie, pour la soutenir par sa seule présence. Ses pensées divaguent.

Tout d'abord, elle s'interroge : que fait le randonneur dans cette réunion ?

Discrètement, Claudie scrute l'intrus avec détail et découvre sur le revers de sa veste une minuscule broche en forme de croix. C'est donc bien un homme d'église.

Mais quel rapport avec Lucie ?

L'homme, qui l'a laissée le détailler sans broncher, lui prend doucement le bras et l'entraîne en déambulation le long des murs de l'église, le visage tourné vers les peintures qui se succèdent.

—Vous cherchez à savoir qui je suis et c'est bien naturel. Madame Chauvet était une cousine. Je sais, murmure-t-il devant la surprise de Claudie, elle ne vous a pas parlé de moi. Je ne la connaissais pas bien non plus. Nous ne sommes que cousins éloignés et je suis entré dans la vie monacale très jeune. J'ai beaucoup voyagé à travers le monde. Je ne suis arrivé dans le coin que depuis quelques jours, et je ne reste jamais très longtemps quand je viens ici. Je devais venir voir ma cousine, mais malheureusement j'ai trop attendu.

—C'est dommage, cela lui aurait certainement fait grand plaisir... Moi je l'adorais.

—Je n'ai jamais su bien faire avec les humains. Je vois qu'elle était très appréciée, ce qui me ravit. De mon côté, nos rapports, très épisodiques, ont toujours été courtois mais distants.

—Elle était vive, elle était drôle et elle était curieuse de tout. J'aimais beaucoup discuter avec elle. Elle connaissait tant de choses, des histoires, des ragots mais aussi les plantes, les étoiles, les vieux remèdes. C'était un puits de science, votre cousine. Elle va nous manquer...

En silence, ils continuent de déambuler, côte à côte. L'homme observe avec attention chaque peinture croisée, et quand il parle avec la jeune femme, c'est sans la regarder vraiment.

—Je l'accompagne dans son dernier voyage, vous savez, en prières. Priez-vous, vous aussi ?

—Non. Désolée, je ne crois pas, bougonne Claudie.

L'homme sourit et reprend :

—C'est exceptionnel de se croiser aussi souvent, vous et moi.

Claudie ne répond pas. Elle se demande ce qu'il veut dire. Pense-t-il pouvoir la convertir ? Si elle lui donnait le fond de sa pensée, pas sûre qu'il ne se vexe pas. Mais l'homme ne remarque pas son regard noir et poursuit ses réflexions :

—Surtout pour moi qui ai choisi la solitude… Mais le destin semble vous mettre régulièrement sur ma route, ces derniers temps. Comme sur celle de votre chien. Je l'ai croisé plusieurs fois ce bon gros toutou, ces derniers jours. Mais il était seul à chaque fois. Il s'échappe souvent ?

—Il n'est pas vraiment à moi. C'est un chien qui va et vient.

—Il semble vigoureux pour un chien errant.

—Il a peut-être plusieurs maîtres, à temps partiel.

L'homme sourit encore une fois.

—Moi je préfère croiser les chiens et autres animaux plutôt que les hommes.

—Mais vous faites quoi de vos journées ? ne peut s'empêcher de demander Claudie.

—Je peins. Et je prie, beaucoup. Pour le salut des hommes et celui de notre planète, si belle. Et pour cela je n'ai besoin de personne, seul le calme et le silence sont bienvenus.

—Vous êtes l'ermite ?

—Oh non, pouffe l'inconnu. Je suis un électron libre. Je ne me pose nulle part. Même si je reviens régulièrement à l'Ermitage de Saint Eugène. Voyez-vous, il y a là-bas, dans la chapelle, des fresques byzantines merveilleuses, que je restaure, à ma façon. Alors je côtoie l'ermite de la chapelle, de temps en temps.

—Comme en ce moment ?

—Oui, effectivement. Holtof est là depuis plusieurs années mais nous ne faisons que nous apercevoir. J'ai mieux connu son prédécesseur, un Dominicain archéologue, le Père Darsy. Deux hommes très différents. Notre seigneur accueille toutes les âmes de bonne volonté... Le sujet vous intéresse ?

—Pas vraiment. Mais vous m'avez parlé du chien la dernière fois que l'on s'est croisés...

—Oui, votre chien, un bel animal.

—Non, vous avez dit l'avoir déjà vu, il y a longtemps.

—Ah ? J'ai effectivement déjà croisé, souvent, un chien comme le vôtre, noir et plutôt grand, mais c'était il y a longtemps. Je ne pense pas que ce soit le même.

—A qui appartenait-il ce chien ?

—Je ne me souviens plus. Avec Darsy, il y avait toujours beaucoup de monde sur le chantier des fouilles : des Dominicains comme lui, des archéologues amateurs, des retraités en mal d'activité. Parfois des sans-abris se joignaient eux aussi aux recherches, en échange d'un repas et d'un peu de convivialité. Je crois me souvenir que Darsy avait établi un registre sur lequel tous les bénévoles étaient consignés. S'ils le voulaient bien.

—Vous étiez dans les parages en 1976 ?

—Oh ! C'est une date bien précise pour un voyageur comme moi. Mais c'est fort possible. Pourquoi ?

—Je cherche quelqu'un qui a pu trouver refuge là-bas à cette époque, chuchote Claudie soudain habitée d'un pressentiment.

—Alors il vous faut aller voir Holtof et lui demander de consulter le livre des visiteurs.

—Merci.

Et dans le flot de ses pensées, Claudie a soudain une illumination :

—Une dernière question : la famille de Lucie possède un cénotaphe. Savez-vous pourquoi ?

—Oui. C'est un très vieux monument. Chaque génération des Chauvet l'a entretenu religieusement. Je ne connais pas exactement le pourquoi mais je peux vous dire que c'est en rapport avec la Vierge de Païolive, vous savez, la sculpture où nous nous sommes rencontrés pour la première fois ? Peut-être la famille avait-elle quelque chose à voir avec la brouille à l'origine de cette statue ?

—La brouille ?

—Oui. A l'origine de cette sculpture, il y a une tragédie : lors de la Révolution française, le seigneur Louis Bastide de Malbosc fut enlevé et assassiné. Sa femme prit peur et partit se réfugier dans une grotte des bois de Païolive, avec ses enfants. L'un des criminels était probablement un membre de la famille Vincent, ennemie du seigneur. Après la révolution, en 1830, et par souci d'apaiser les esprits, le fils Malbosc fit sculpter une Vierge qu'il plaça dans une niche naturelle au milieu de Païolive, sur des terres appartenant aux Vincent, en gage de réconciliation. Je suppose que ma cousine descend de l'une de ces deux familles réconciliées, peut-être même de celle de Malbosc. Cela vous éclaire-t-il ?

—Absolument pas, répond Claudie en faisant la moue.

L'homme sourit, les yeux pétillants :

—Venez à la messe, à l'ermitage, un dimanche.

Ils sont parvenus à l'entrée de l'église et l'homme prend congé sur ces mots, juste en se retournant et en quittant les lieux.

« S'il croit me convertir, il se fourre le doigt dans l'œil » maugrée la jeune femme.

Mais elle n'a plus qu'une envie : contacter Justin.

Place de la Grand Font, un grand vent se lève soudain.

En ce samedi soir gris, les lieux sont calmes, les cafés presque vides. Mais deux vieilles dames passent, cahin-caha, avec leurs paniers à provisions remplis, pour rejoindre, à petits pas, leurs maisons voisines.

Brusquement, sur leur passage, la bourrasque forcit.

La mini-tornade s'engouffre avec vigueur entre les jambes des deux passantes et soulève leurs blouses fleuries, provoquant immédiatement l'indignation des deux vieilles dames. Elles poussent de hauts cris, lâchent leurs paniers et essaient tant bien que mal, en se tournant dans tous les sens, de rabattre leur vêtement, pour qu'on ne devine pas les gaines cachées dessous.

Mais peine perdue.

Elles s'agitent en vain quelques minutes, sans parvenir à cacher leur honte, poussant de petits cris, lorsque soudain, le vent s'arrête d'un coup.

Les deux voisines n'en reviennent pas, se regardant bêtement, tout essoufflées. Puis elles se quittent moitié mortifiées et moitié riant.

Au loin trottine un gros chien noir, d'une foulée décidée.

La voix de Kali - 13

Pendant deux années, les lieux semblèrent paisibles.
Certes, des cambriolages eurent lieu,
Mais globalement, ils ne rapportaient pas grand-chose.

Le maire du village voisin décida d'exproprier toute la communauté, criblée de dettes.
Ils n'étaient plus très nombreux, et l'ambiance avait changé.
Le hameau sombrait dans la paresse.
Conty devenait irritable, instable.
Il buvait beaucoup.
Angel s'inquiétait.
Mais le jeune flic ne voulait rien savoir, il fallait rester.

Conty décida qu'il fallait cambrioler plus gros.
Les riches spoliaient le peuple travailleur, c'était injuste.

Les riches parmi les riches étaient les banquiers.
La prochaine étape serait donc une banque.
Dans cette optique, il avait acquis tout un arsenal.
Seuls deux hommes et ton père, furent mis dans la confidence.
Les flics se frottaient déjà les mains de leur prochain coup de filet.

Angel ne mit pas Rachel dans la confidence.
Il craignait tout à coup pour sa vie.
Empêtré dans ses secrets et dans ses réflexions,
Il n'écouta pas les murmures des femmes :
Elles avaient peur.
Conty avait franchi une nouvelle étape dans sa folie,
Il s'arrogeait le droit de cuissage.

Un soir, Rachel en fut la victime.
Elle ne se laissa pas faire, mais resta choquée.
Quand Angel la trouva prostrée et en larmes,

Elle raconta l'agression et lui apprit aussi qu'elle était enceinte de quelques mois.

Les deux hommes se battirent copieusement.

Vainqueur, ton père prit alors la décision définitive de partir,

A nouveau.

Car plus jamais Rachel ne pleurerait.

XIV

Un dimanche matin de mai.

Ce matin le temps est encore gris. Claudie se lève en trainant les pieds, le cœur gros. Elle jette un œil à la grande maison carrée depuis ses fenêtres. Cerbère n'est pas revenu. Il lui semble qu'il est reparti, comme chaque fois. Elle ne peut expliquer cette certitude.

Elle n'a pas d'entrain et croque mollement dans ses tartines.

La jeune femme a soudain besoin d'air frais. Mécaniquement, elle ouvre la porte de la cuisine et son regard tombe sur le seau à nouveau posé sur la terrasse.

C'en est trop pour Claudie, qui explose :

—Mais c'est pas vrai ! Elle se croit où cette bonne femme ?!

Personne ne lui répond. Le campement semble toujours aussi désert.

—Je m'en fous, ce matin, elle ira se faire voir ! hurle-t-elle en claquant la porte.

Et la jeune femme s'enfuit vers la salle de bain, ivre de colère.

Quand Claudie sort de sa douche, après avoir passé un jean léger et un tee-shirt, elle réalise que le seau a disparu, que le cheval boit dans le pré mais que le campement est toujours aussi désolé, pas âme qui vive. Elle reconnaît pourtant au loin le bruit du tracteur et constate que son frère s'occupe déjà de labourer la vigne. Il a dû arriver pendant sa douche et s'occuper du seau. Claudie hausse les épaules.

Elle ne peut s'empêcher de penser à Lucie.

La jeune femme a laissé la charge à Brigitte de s'occuper des fleurs mais c'est elle qui doit écrire un petit mot qu'elle lira à l'église. Elle s'installe devant son ordinateur, et commence laborieusement à composer. Cela lui semble pis qu'une corvée car comment décrire en quelques phrases seulement quelqu'un qu'on aime vraiment ?

Les histoires d'amour regorgent de mots pour décrire les sentiments ressentis, mais les amitiés lui semblent bien plus pauvres. Elle peste, souffle, râle. Rien de ce qu'elle écrit ne lui semble à la hauteur de la brave Lucie.

Décidant de prendre un autre angle, Claudie s'apaise et les mots s'alignent alors fluidement : oui, il y a tant de choses que Lucie n'a pu accomplir mais que les gens regretteront de ne pas lui avoir demandées.

Chacun des villageois aurait pu lui demander une anecdote sur sa famille ; la commune aurait pu lui demander de retracer son histoire à l'aide des nombreuses photos qu'elle gardait pieusement dans ses armoires, divine marotte ; les voisins auraient pu l'inviter plus souvent, prendre le goûter et jouer aux cartes, parce qu'elle avait toujours quelque chose d'intéressant à raconter ; les jeunes auraient pu lui demander conseil, car même vieille fille, elle avait la sagesse des anciens et une ouverture d'esprit peu courante chez les personnes de son âge ; et enfin les enfants en difficulté et leurs parents, auraient pu faire appel à son expérience d'institutrice, elle qui avait tant de patience avec les tout petits, et tant de savoir. Claudie aligne les mots sur son ordinateur avec une ferveur chagrine puis les réarrange pour donner à l'ensemble une consistance plus formelle, plus digeste. Que surtout personne ne distingue entre les lignes, sa rage de la disparition de son amie, sa rage de se sentir impuissante face à l'ultime échéance et sa rage, en fond subtil, de savoir que tout ceci aurait pu ne pas arriver si quelqu'un ne l'avait pas décidé.

Car dans sa tête tournoient en boucle les suggestions de Justin, à savoir que les quatre malades ont été empoisonnés.

—Y a quelqu'un ? lance justement la voix de stentor du poulpe.

Le grand échalas apparaît dans la pièce, tout sourire, son sempiternel imperméable sur le dos.

—Tu bosses ?

—J'écris un petit texte pour la messe de Lucie.

Le poulpe ne répond pas mais elle l'entend s'affairer dans la cuisine. Il réapparaît quelques minutes après, sa tasse de café à la main, et vient s'assoir aux côtés de la jeune femme, sans un mot. Il sirote son breuvage et Claudie ne s'interrompt pas. Elle relit ses écrits et corrige ici et là, quelques fautes, puis enregistre l'ensemble et lance l'impression. Justin attrape la feuille en sortie d'imprimante puis la lit, hochant imperceptiblement la tête. Claudie attend le verdict.

—C'est parfait, conclut-il.

La jeune femme se fout bien de son avis mais attend qu'il se décide à lui annoncer le but de sa visite.

—Ton frère n'est pas là ?

—Si, au fond de la vigne sur son tracteur, après avoir livré le seau, grommelle la jeune femme.

Justin hausse les sourcils.

—Quel seau ?

—Figure-toi que tous les matins, la gitane, d'en face, pose son seau d'eau vide sur la terrasse ! Et tous les matins, elle s'attend à ce que je le lui remplisse et à ce que je l'apporte à son cheval. Mais elle ne vient même pas demander gentiment, elle n'est même pas là ! Et bien sûr, pas de merci, ni rien ! Le culot de cette femme !

Claudie est toute rouge de colère mais Justin ne rigole pas. Il fronce les sourcils et réfléchit.

—Moi, c'est terminé ! reprend-elle. Tant qu'elle ne se montre pas, je ne livre plus ce foutu seau ! Elle a de la chance que John soit venu !

—Mmm.

Le poulpe termine tranquillement son café et se tourne vers son amie, un sourire aux lèvres :

—J'ai croisé Brigitte et elle m'a dit que tu avais beaucoup discuté avec le cousin de Lucie...

—Oh purée ! Je savais que j'oubliais quelque chose hier quand je suis rentrée de l'église ! Mais en ce moment, je ne suis plus moi-même... Et puis John est venu manger avec moi hier soir alors j'ai totalement zappé !

—Alors ?

—Alors ce cousin est un moine itinérant, si j'ai bien compris. Il revient régulièrement à l'Ermitage pour y peindre des fresques. Et il dit qu'il y avait du monde sur le chantier des fouilles, dans les années soixante-dix. D'après lui, il existe une sorte de registre consignant le nom de tous les participants.

—Alors tu as pensé qu'après l'accident, ton père avait peut-être été vu là-bas...

—C'est une hypothèse valable, non ?

—Tout à fait ! Magnifique ! Les planètes s'alignent ! hurle le poulpe, soudainement survolté. Je le savais ! Je le savais !

Claudie se demande si son comparse ne va pas se mettre à danser de joie dans sa salle à manger, car il s'est levé plein d'entrain. Ce qui serait un comble en ces temps douloureux. Mais non, le soufflé redescend brusquement et l'homme reste quelques minutes, statique, contemplant la vue sur le village, depuis la fenêtre.

—Je pourrais aller y faire un tour, tu ne crois pas ? reprend Claudie.

—Mmm. J'irai moi. Laisse faire.

Claudie hausse les épaules. Changer d'air lui aurait fait du bien, mais puisqu'il insiste. Elle n'a jamais été très forte pour engager la discussion ; tout un paradoxe pour cette journaliste d'enquête. Elle repousse toujours ce moment de face à face avec les témoins dans les sujets qu'elle mène. Un travers qu'elle devrait creuser un jour, chez un psy, pour mieux se connaitre. Et depuis la disparition de son amie, Claudie a encore moins le goût à aller à la rencontre des autres.

Elle hausse encore les épaules et lance brusquement :

—Cerbère a disparu.

Justin se rassoit aussitôt.

—Quand ?

—Depuis ce matin. Enfin, je crois. Tu sais comment est ce chien.

—Alors tout est en place…

—Mais de quoi tu parles, enfin ! s'énerve la jeune femme.

—Ça ne sert à rien que je te donne ma pensée, tu n'en as que faire à chaque fois. Mais ce chien est important, je te l'ai déjà expliqué, il n'est pas banal. Il est toujours apparu dans nos enquêtes et disparaît quand la lumière se fait. Tu n'as pas remarqué ?

—Une coïncidence.

—Non, Claudie, non. Mais tu ne veux pas ouvrir les yeux. Tu es trop rationnelle.

—Trop rationnelle ?

Le poulpe ne répond pas, les yeux perdus dans le vague. Claudie se fait la réflexion que son ami est décidément un homme étrange, avide de théories fantasques plutôt que de faits vérifiés. Un comble pour un journaliste.

« Nous sommes deux professionnels atypiques ».

—Où est ton frère ? interroge-t-il.

—Je te l'ai déjà dit, sur le tracteur.

—En es-tu certaine ?

Claudie fronce les sourcils, interloquée.

—Non mais tu vas bien ? murmure-t-elle. Tu n'entends pas le bruit, au loin ?

—Mmm. Tu lui as parlé de tes trois gitans ?

—Quoi ? Mais pourquoi ? C'est quoi le rapport ?

—Réponds, s'il te plaît.

—Non, je ne crois pas. Ces trois-là forment une drôle de famille. Tu crois que ce sont ses petits-enfants ? Mais ils ne doivent pas avoir la même mère, ils sont tellement…différents.

Justin éclate de son rire silencieux, tout son corps se met à trembler dans le silence. Claudie se vexe un peu, car elle ne comprend pas bien ce qu'elle a dit de drôle.

—Tu te moques de moi ?

—Ah Claudie ! Tu es incroyable. Non, ils n'ont pas la même mère. Ce n'est pas non plus leur grand-mère. Tu en as vu deux mais ils doivent être trois avec elle.

Et sur ces belles paroles, le poulpe s'en va de sa démarche chaloupée, à grandes enjambées, sans explications et sans un regard en arrière.

Justin, le roi des sorties théâtrales.

Laissant la pauvre Claudie perdue dans ses interrogations.

Lorsqu'il sort de chez Claudie comme une bourrasque, Justin observe quelques minutes au loin le ballet bruyant du tracteur conduit par John. Ce dernier lui fait un petit signe de la main avant de négocier son virage et d'attaquer une nouvelle rangée.

Alors que le poulpe, rassuré sur le sort de son ami, reprend le chemin vers le village, il s'arrête net sur l'asphalte : la vieille gitane est postée devant sa carriole, dans l'ombre, la pipe fumante au bec.

Ils s'observent fixement sans un mot.

Puis, d'un geste impératif, la femme lui fait signe de la rejoindre.

Justin obtempère en grinçant des dents.

La voix de Kali - 14

Les bagages furent prestement faits.
Profitant du sommeil de la communauté,
Et de l'immobilisation temporaire de Conty,
Tes parents montèrent dans une voiture et prirent la fuite,
Le coffre rempli des armes prévues pour le braquage,
Et les dernières économies du groupe dans la poche.
Le seul moyen qu'avait trouvé ton père pour les empêcher d'agir.
Les armes, il s'en débarrasserait à la première occasion venue.

Il conduisait vite sur les petites routes ardéchoises,
Malgré l'obscurité de cette nuit sans lune.
Il ne savait pas exactement où ils se trouvaient mais il s'orientait vers le Sud,
Vers une grande ville où Rachel pourrait accoucher en sécurité.

Endormie à ses côtés, elle laissait faire, dans sa grande confiance en lui.

Il avalait les kilomètres,
Multipliant la distance avec les autres.
Ils deviendraient enragés en découvrant sa tromperie.
Il y aurait possiblement des représailles.
Mais Angel n'y pensait pas encore.
Dans un village inconnu, il passa un dernier appel au jeune flic,
Pour clore leur contrat et donner le détail de son départ.
Cela laisserait aux forces de l'ordre le temps d'intervenir à Rochebesse,
Parce que le trio furieux mettrait du temps à se fournir à nouveau.
Mais ils recommenceraient.
Avec ces quelques mots, il espérait acheter sa liberté, une vraie liberté, définitive.
Sa parole ne valait pas grand-chose,
Mais il y avait toujours le risque de tout balancer à la presse.

Il roulait sans but précis, dans la nuit noire.

Juste avant les Vans, un orage formidable éclata.

La visibilité pourtant moindre, ton père appuyait toujours sur l'accélérateur.

Et dans un virage dangereux,

Les roues glissèrent sur l'asphalte détrempé.

Dans un bel élan, la voiture décolla du bitume pour s'envoler dans les bois.

XV

Un dimanche après-midi de mai.

Après le départ du poulpe, Claudie a pris son repas en solitaire. Son frère a décliné l'invitation, trop pressé de retrouver son chantier. Elle se souvient des paroles de Justin, sans parvenir à comprendre ce qu'il sous-entendait. Elle hausse les épaules tout en sirotant sa tasse de thé et observe le campement voisin, où rien ne bouge. La vieille n'est pas réapparue et les animaux sont toujours là, le cheval au fond du pré broute et le chat roulé en boule, dort.

Elle secoue la tête et s'installe devant son ordinateur, mais son téléphone sonne.

—Bonjour Claudie ! C'est Brigitte. Comment vas-tu ? je n'ai pas pu t'appeler ce matin car j'ai passé beaucoup de temps chez la fleuriste. J'ai commandé une grande couronne dans les tons de rose, tu sais que notre vieille amie aimait tellement cette couleur. Donc j'ai pris quelques pivoines, elles fanent vite mais elles étaient tellement belles ! Et j'ai aussi publié l'avis de décès dans le journal. Il me reste à contacter les rares membres de la famille Chauvet mais je doute qu'ils se déplacent… Et puis je trouve que le curé fait les choses un peu trop rapidement. Tu te rends compte ! La pauvre est décédée depuis hier et on fera la messe et tout le tralala à peine deux jours après ! comment veux-tu que les gens s'organisent pour venir ! Non vraiment, je ne suis pas contente. Je lui ai dit d'ailleurs, mais il n'a rien voulu entendre ! Il dit qu'il doit se partager entre plusieurs églises et que donc il a un emploi du temps très serré ! Non mais vraiment, à l'entendre on se croirait avec un ministre ! Oh je ne décolère pas ! Ça ne nous facilite pas la tâche tout ça.

—Tu as raison. Je suis bien d'accord avec toi. Et je m'en veux de ne pas t'aider plus.

—Mais non, ne dis pas ça. Alors, tu as pu écrire quelques lignes ? Je sais que ce n'est pas facile, mais moi je ne suis pas douée comme toi avec les mots.

Claudie sourit derrière son téléphone car en filigrane, elle ressent toute l'empathie dont la brave Brigitte est capable, un sentiment qu'elle sait précieux et qui ne l'habite guère pour sa part.

—Oui, j'ai écrit quelques mots. Veux-tu que je te les lise ?

—Oh mais oui ! Quelle bonne idée !

Claudie se lance dans la courte lecture, respirant bien à chaque virgule et articulant au maximum. Elle se concentre sur son papier quand tout à coup, en levant machinalement les yeux, elle découvre un intrus dans la pièce. C'est le guide, Julien, qui ne bouge pas, la laissant terminer sa discussion dans le silence. Ecoutant d'une oreille distraite les compliments de son interlocutrice, la jeune femme peste en elle-même.

« Mais décidemment, plus personne ne sait utiliser une sonnette ?»

Claudie raccroche, après les banalités d'usage, pour prendre congé de Brigitte, dithyrambique sur l'homélie.

—Salut ! lance-t-elle en se levant de sa chaise. Tu vas bien ?

—Oui, oui, répond l'autre un peu emprunté.

—Tu veux boire quelque chose ?

—Ah ben je veux bien un café.

Ils sont remontés dans la cuisine où la jeune femme s'affaire.

—Euh désolé de rentrer comme ça chez toi. Et j'ai entendu le texte que tu lisais. C'est pour Madame Chauvet ?

—Oui.

—C'est très beau. Enfin, moi j'aime bien.

Claudie rosit comme une débutante, soudain tétanisée devant la cafetière. Elle secoue la tête et se reprend vivement.

—Merci, reprend Julien lorsqu'elle daigne enfin lui donner sa tasse.

Il boit quelques gorgées et se lance :

—Vous avez avancé dans vos recherches ?

—Peut-être. On a une piste possible chez l'ermite. Il existe un registre des différents visiteurs de la chapelle. Justin doit aller y jeter un œil.

—Ah ?

—Oui, tu te souviens, lors de notre randonnée, de l'homme qui m'avait parlé devant la Vierge ? C'est un cousin éloigné de Lucie, un moine qui restaure les fresques, et en ce moment il loge à l'ermitage. Il se souvient qu'à une époque, il y avait beaucoup de passage sur les lieux des fouilles. Et un registre. Donc on a bon espoir d'y trouver la trace de notre père.

—Ah ben c'est bien ça.

Son interlocuteur n'a pas l'air bien intéressé par ce qu'elle raconte. Claudie ne peut pas lui en vouloir, ces recherches ne le concernant en rien, mais elle se demande tout à coup qu'est-ce qu'il fait chez elle à l'instant. L'autre semble lire dans ses pensées car il se justifie maladroitement :

—Je cherche John. Est-ce que tu sais s'il doit venir me rejoindre sur le chantier ?

—Il n'est pas venu cet après-midi ?

—Non. Et pourtant il m'avait demandé de venir pour monter ensemble une poutre assez lourde. Ça fait deux heures que je l'attends. Et pas moyen de le joindre.

—Ah oui, un problème ce refus de téléphone. Je l'ai vu à midi et il m'a dit qu'il retournait au chantier. C'est bizarre.

—Vous vous êtes disputés ?

—Quoi ? Non ! Pourquoi tu me demandes ça ?

—Ben je ne sais pas. Il a l'air contrarié en ce moment… pas tous les jours, mais par moments, je ne sais pas, il semble ailleurs. Comme s'il avait des soucis.

Claudie secoue la tête. Elle non plus, ne comprend rien. Ce matin, son frère semblait d'excellente humeur.

—Je ne sais pas quoi te dire. Il a l'air très fatigué plutôt. Il a parfois mal à la tête, des migraines terribles…

—Oui je suis au courant. Mais ce n'est pas ça.

—Ce matin, il semblait heureux, enfin lui-même. Tu es resté sur le chantier tout le temps ?

—Oui.

Claudie fronce les sourcils et réfléchit aux lieux que son frère pourrait hanter. Mais à part sa future maison et la vigne, elle n'en a aucune idée. Il y a encore tellement d'inconnues, pour elle, dans les habitudes de son frère.

—Il a peut-être eu une nouvelle crise ? Je vais appeler Justin. Ils sont peut-être ensemble ?

Et ce faisant elle reprend son téléphone. L'autre se rapproche d'elle pour entendre la conversation qu'elle a mise en haut-parleur.

—Allo, Justin ? Dis-voir, je suis avec Julien, et il s'inquiète car il n'a pas vu John cet après-midi. Tu l'as vu toi ?

—Pas du tout. Mais ne vous inquiétez pas.

—C'est-à-dire ?

—Ben ne vous inquiétez pas !

—Mais tu sais où il est ?

—Oui, oui. Entre de bonnes mains. J'ai découvert des choses bien plus importantes, Claudie ! Je suis allé voir l'ermite et figure-toi que dans les objets trouvés de son prédécesseur, il y a un portefeuille avec les papiers d'un couple ! Au nom d'Antonio et Rosa Carbini ! Ça ne te met pas la puce à l'oreille ? C'est formidable !

Et le poulpe raccroche sans ménagement. Claudie et Julien se regardent interloqués.

—Ça veut dire quoi « entre de bonnes mains » ? Tu comprends quelque chose toi ? demande la jeune femme.

—Aucune idée, répond l'autre en haussant les épaules. Mais il ne semble pas inquiet, lui.

—Ce Justin, parfois il m'énerve, si tu savais !!

—Oui, il est bizarre.

—Ah toi aussi tu trouves ! Je ne suis donc pas folle.

L'homme sourit et plissant les yeux et repose sa tasse dans la cuisine.

—Bon, ben je vais y aller. Tant pis, je retourne au chantier. Je trouverais bien quelque chose à avancer.

—Et moi je vais continuer à me ronger les sangs, bougonne Claudie.

Elle ne pense même plus aux révélations de Justin. Non, à cet instant, elle se fout du passé, ce qui compte ce sont les présents, les vivants. Que veut dire l'expression « entre de bonnes mains » ? Que fait John ? Où le chercher ?

Place de la Grand Font, dans le café à l'aspect vieillot, deux amis sont attablés.

Le plus grand, très maigre, vient de raccrocher son téléphone, tandis que le second, surnommé La Baleine, car obèse, sirote sa grenadine, ses yeux bleus placides posés sur l'enveloppe marron que son ami lui a glissée, auparavant.

Ils aiment bien se retrouver dans ce café. Ils se connaissent depuis les années collège. Ils étaient déjà un peu en marge de tous les autres enfants à l'époque. Justin inventait des histoires rocambolesques tandis que David passait ses journées à bricoler son ordinateur. Il en a fait sa principale activité d'ailleurs : jour et nuit, il erre dans les méandres de l'informatique, à la recherche des réponses aux questions que ceux qui le missionnent, lui posent.

—Bon, donc on fait comme on a dit, reprend le poulpe. Tu devrais y passer peu de temps. Et ensuite, tu contactes directement Arthur, ok ?

La Baleine ne dit rien mais acquiesce du menton, sa paille toujours entre les lèvres.

La voix de Kali - 15

Angel ne sut pas combien de temps il resta inconscient.

L'orage formidable grondait toujours,
Eclairant d'une lumière stroboscopique le bois où la voiture avait atterri :
Un ensemble de buissons et de lianes enchevêtrés,
De grosses roches blafardes, parsemées d'anfractuosités.

Sa première pensée nette fut pour Rachel.
Le siège passager était vide.
Il appela mais avec l'orage, sa voix ne portait pas.
Chaque parcelle de son corps n'était que douleur,
Moitié rampant, moitié courbé, il partit à la recherche de sa compagne.
Pourtant il ne la trouva pas.
Epuisé et perclus de douleurs, il se laissa tomber dans la boue

Sombrant immédiatement dans l'inconscience.

Il se réveilla tandis que l'orage grondait toujours.
Désespéré mais lucide, Angel chercha un refuge.
Il chercherait Rachel après avoir repris des forces.
Il rampa à l'aveuglette jusqu'à une petite grotte étroite.
Allongé dans son terrier, à l'abri de la pluie, il sombra à nouveau.

Lorsqu'il ouvrit enfin les yeux,
L'orage était fini, la forêt inondée de soleil.
Angel ne pouvait plus bouger, gravement blessé.
Le désespoir le prit au dépourvu.
A travers ses larmes de rage, face à lui, dans les rochers,
Une statue de Vierge lui était apparue.
Avec ses dernières forces, il lui adressa de virulentes prières.

Il aurait dû mourir là, dans ce terrier.
Mais il m'avait appelée par ses prières.
Alors je me mis en mouvement, vers lui,
Suivie de mes fidèles compagnons.
Et nous le soignâmes, à ma façon.

XVI

Un lundi matin de mai.

Claudie ouvre les yeux, réveillée par le son du tracteur sous sa fenêtre. En ouvrant ses volets, elle constate que c'est John, et qu'il trace méthodiquement des sillons réguliers entre les rangés de ceps de vigne, retournant la terre argileuse et jaune, en grosses mottes humides. Elle pourrait pester car il est encore tôt et qu'elle aurait sûrement dormi encore une bonne heure, mais elle est rassurée, son frère est là et visiblement, il va bien.

La jeune femme se secoue et part directement sous la douche. Elle a besoin d'eau chaude pour se réveiller tout à fait. Après s'être essuyée, elle s'habille avec des vêtements chauds car ce matin, elle grelotte de fatigue, puis s'en va vers la cuisine. Par la porte elle s'assure que le seau n'est pas sur la terrasse et que la gitane n'attend pas non plus derrière le portillon. Soulagée de ces absences, elle lance, enjouée, sa bouilloire.

Ce matin le ciel est redevenu d'un bleu immaculé mais la jeune femme se sent le cœur gros ; les pompes funèbres ont décidé d'ouvrir les deux caveaux de Lucie, et la cérémonie d'enterrement est prévue dans l'après-midi.

« Un beau ciel bleu pour une journée bien triste » pense-t-elle.

Claudie réfléchit à ce qu'elle portera pour la messe et fait la moue. Il lui faudrait normalement une tenue sombre, selon le protocole établi depuis des lustres, mais la jeune femme se dit que finalement elle portera une tenue simple dans les tons pastel. Claudie soupire, elle voudrait que cette journée soit déjà terminée.

La porte de la cuisine s'ouvre sur Brigitte Pichon qui a encore les yeux rougis par la peine :

—Bonjour ma petite Claudie. Les employés de la mairie arrivent dans quelques minutes avec les pompes funèbres. Il est tôt mais ils préfèrent agir tant que le village n'est pas encore bien réveillé. Notre chef de la gendarmerie, Arthur, est déjà là-bas.

—Ah. J'étais plongée dans mes pensées, je ne les ai pas vus arriver…

—Mon Dieu, je ne réalise toujours pas ce qui va se passer ! Ce matin ils vont ouvrir deux caveaux ! Mais quelle histoire ! J'en suis toute retournée. Et toi, je n'imagine même pas ! Comment te sens-tu ?

—Je ne sais pas…

—Mon Hervé a rejoint ton frère au tracteur. Il n'aime pas trop ces bondieuseries, comme il dit. Moi non plus, mais il faut bien que quelqu'un le fasse, lâche Brigitte dans un soupir en se tamponnant délicatement les yeux. Tu penses que tu pourras lire le texte tout à l'heure ? Moi je serai trop émue.

—Oui, ne t'inquiète pas. Je le ferai, sourit Claudie.

Les deux femmes se prennent dans les bras quelques minutes, puis, dans un commun accord silencieux, Claudie enfile sa grosse veste et suit son amie jusqu'aux grandes portes rouges du cimetière, en face. A côté, la roulotte, toujours fermée, trône, écarlate.

—Elle est toujours là cette bohémienne ? chuchote Brigitte.

Et comme fait exprès, avant que Claudie puisse répondre, la porte de la roulotte s'ouvre et la vieille gitane sort sur son perron, toujours affublée de ses fripes, le chapeau vissé sur la tête et la pipe fumante au bec. De loin, Claudie adresse un timide salut du menton, à l'apparition, mais celle-ci ne daigne pas répondre. Les mains sur les hanches et le visage masqué par son grand chapeau, la bohémienne ne bouge pas de son poste d'observation. Claudie hausse les épaules et entre dans l'enceinte du cimetière. Brigitte ne l'a même pas vue, accaparée par sa tristesse.

Quelques curieux sont déjà là et forment un petit attroupement au fond de l'enceinte. Sur la gauche, les employés des pompes funèbres ont ouvert le caveau de la famille Chauvet et l'un des hommes est descendu à l'intérieur inspecter l'état des lieux. Lors des épisodes cévenols, il est courant que cet endroit se retrouve inondé, malmenant les sépultures et grignotant inexorablement les cercueils. On retrouve alors les squelettes des précédents occupants, éparpillés au sol telles les pièces d'un puzzle, spectacle que l'on souhaite éviter à la famille du futur défunt.

Brigitte entraîne Claudie manu militari, au fond du cimetière, là où se trouvent Arthur Morino, le gendarme, et son équipe. La jeune femme aperçoit la grande silhouette de Justin, derrière les rubalises. Le cénotaphe, semblable à une maisonnette et portant la mention PAIOLIVE sculptée sur son fronton, est déjà ouvert, et les gendarmes s'acharnent à essayer de soulever la lourde plaque de marbre au sol, avec le plus de délicatesse possible. Les deux femmes se placent aux côtés du poulpe et comme lui, assistent au spectacle en silence.

Les hommes en bleu peinent à décimenter le pourtour de marbre puis l'un d'eux soulève un pan, délicatement à l'aide d'un pied de biche. Claudie se fait la réflexion que cela semble tout de même bien lourd à manier pour deux femmes d'un certain âge, si les Anglaises ont agi en ces lieux.

—Tu as raison, murmure Justin, comme s'il avait lu dans ses pensées. Mais il y avait la pluie…

Enfin, la plaque de marbre est enlevée et toute l'assistance tend le cou, malgré le périmètre de sécurité assez large, pour apercevoir ce qu'il y a dessous. Les gendarmes s'affairent avec leurs lampes torches dans le trou rectangulaire, en silence. L'assistance, maintenue en haleine, n'entend pas leurs commentaires et tous trépignent d'en savoir un peu plus.

« Et si c'était ma mère ? » se demande Claudie.

Pour le moment elle ne ressent rien de particulier. Comment pourrait-elle s'émouvoir du destin de cette femme qu'elle n'a jamais connue ? Elle se repasse mentalement les photos qu'elle avait consultées chez Lucie où l'on distinguait à peine, dans le noir et blanc de l'époque, un petit visage très pâle et chiffonné, celui d'une jeune fille au regard hagard, l'air perdu. Claudie tourne les yeux autour d'elle mais n'aperçoit pas son frère resté sur son tracteur, indifférent à l'effervescence ici.

Le gendarme Arthur s'approche d'eux, le front soucieux.

—Bonjour à tous.

Il baisse les yeux, visiblement gêné et semble réfléchir aux mots qu'il va prononcer :

—Vous aviez raison. Il y a bien un corps... Qui n'a rien à faire là.

La petite assistance se tait et le laisse continuer. Arthur jette un regard au grand maigre qui ne bouge pas et Claudie fronce les sourcils.

« Il y a un problème... » ne peut-elle s'empêcher de penser.

—Connaissez-vous le phénomène de momification des cadavres ? demande le gendarme.

Brigitte et Claudie ouvrent de grands yeux devant la question.

—De quoi tu parles ? interroge Justin.

—Le cimetière est situé sur un sol argileux, très humide. Dans ces cas-là, on constate de plus en plus souvent que les corps ne se décomposent pas. Ils sont comme momifiés avec un aspect cireux. De plus, ici, le corps a été emballé dans de nombreuses couches de plastique. Les bactéries propres au cadavre n'ont pas pu se développer dans de bonnes conditions, elles n'ont pas fait leur travail de décomposition.

—Une momie ? demande le poulpe. Mais c'est parfait, tellement plus simple pour l'identification !

—Tout ce que je peux dire avec certitude, à l'heure actuelle, c'est que c'est une femme et qu'elle avait les cheveux clairs. Pour le reste, l'âge, et déterminer exactement si c'était Rachel, il va falloir attendre les conclusions de la PTS.

—On peut la voir ? demande Justin.

Claudie a un brusque réflexe :

—Non !

Le poulpe s'est soudain tourné vers elle en haussant les sourcils, comme s'il ne comprenait pas. Brigitte s'approche de la jeune femme et lui pose une main délicate sur l'épaule. C'en est trop pour Claudie qui se dégage brutalement et opère aussitôt un demi-tour, afin de rejoindre la sortie du cimetière. Elle fend le groupe des curieux d'un pas décidé, le regard dur, braqué sur la sortie. Elle ne veut pas rester ici. Elle sent qu'elle risque de vomir.

« Tu ne peux rien respecter ! hurle-t-elle dans sa tête. Il te faut voir ! »

Arrivée près des grandes portes, la jeune femme stoppe et s'adosse au mur d'enceinte, le visage renfrogné, les joues inondées de larmes.

La nausée est passée. Elle respire mieux ici.

Elle observe, les yeux embués, le petit groupe qui s'est reformé après son départ.

Justin est passé sous la rubalise et a suivi le gendarme dans les entrailles du cénotaphe. Il n'y reste que quelques minutes, mais le temps semble long à Claudie. Elle observe le ciel, d'un bleu immaculé et les autres tombes alentour. Elle tourne la tête à droite et à gauche, jetant un regard distrait à l'ensemble du cimetière d'ordinaire tranquille.

Là-bas, dans les rangs des curieux, certains se chuchotent des mots à l'oreille puis, peu à peu, les gens s'en retournent à petits pas, et passent à côté d'elle sans compassion. Soudain elle avise la silhouette de son frère de l'autre côté, dans le jardin des souvenirs, comme l'on nomme cette partie, assez nue, qui n'accueille que quelques urnes et de très petits monuments funéraires. Il a dû y entrer par la petite porte arrière qui débouche dans le chemin longeant le pré en friche. Et chose curieuse, John est en grande conversation avec la vieille bohémienne.

Claudie observe la scène avec intérêt.

Le dialogue semble serein, si les deux protagonistes se tiennent l'un comme l'autre à une distance respectueuse, ils semblent pourtant complices. John prend finalement congé d'un petit signe de main et se dirige à grands pas vers les gendarmes et le poulpe. La gitane a disparu derrière le mur d'enceinte. Claudie se sent bouillir intérieurement. Elle ne peut pas rester en retrait. Agacée, elle retourne donc vers le caveau et s'approche de son frère qui lui sourit.

—Tu discutais de quoi avec la gitane ? demande-t-elle durement. Elle te parle ?

Il n'a pas le temps de répondre que Justin les rejoint, le visage illuminé de bonheur, son grand corps agité de soubresauts :

—On a bien retrouvé Rachel !

—*Oh* ! s'exclame John.

—Les sœurs Baswell avaient choisi la planque idéale !

Puis il baisse d'un ton devant le regard noir de son amie :

—Vous venez ?

—*Ok.*

Claudie suit son frère, mécaniquement, avec une légère appréhension. Tout son corps voudrait s'enfuir mais elle ne contrôle plus ses jambes et s'approche de l'ouverture rectangulaire et sombre. Penchée au-dessus, pleine de réticences, elle ne distingue tout d'abord qu'un fatras de bâches plastiques boueuses et en lambeaux, maintenues par des cordes pourries. Mais à l'extrémité de la forme oblongue humide, les gendarmes ont déchiré le plastique et apparaît alors, dans toute sa cruauté, le visage exsangue d'un crâne cireux, la peau tannée épousant le moindre relief. Les yeux et la bouche sont fermés, loin de l'image d'une mort brutale sur un cri muet, heureusement.

Le cadavre semble comme endormi, les cheveux filasse de couleur claire encore présents en quantité, bien coiffés sur les pourtours du crâne.

John sourit :

—*Elle comme dormir.*

Sur les joues de Claudie, les larmes s'écoulent encore, comme des vagues, sans bruit.

—Bien entendu, la scientifique va vouloir vos ADN à tous les deux, chuchote Justin. On peut le faire maintenant.

Claudie se détourne brusquement du spectacle morbide et laisse éclater de gros sanglots, son visage enfoui dans les bras de son frère. Toute sa peine sort comme un torrent, malgré elle. Cette journée restera dans ses souvenirs longtemps, et pour de mauvaises raisons.

Les minutes passent, Claudie se calme peu à peu.

Elle se souvient du visage de ses parents adoptifs, miraculeusement épargnés par l'accident subi. Elle avait dû les reconnaître à la morgue. Elle n'avait que dix-neuf ans, sa grand-tante Alice l'accompagnait mais c'est à elle seule que la tâche incombait. Elle s'était présentée, vaillante, la respiration courte. Lorsque le drap avait été soulevé, elle avait compris que c'étaient bien eux mais elle ne les avait pas reconnus. Il manquait le regard aiguisé dans les yeux de son père et le petit sourire contrit sur les lèvres de sa mère. Elle avait hoché la tête pour acquiescer puis s'était enfuie, Alice courant presque derrière elle.

Tout à coup elle se sent envahie d'une grande lassitude en songeant au destin tragique de la morte enfermée depuis tant d'année sous cette terre, à quelques mètres d'elle seulement.

« Mon passé est une succession de tragédies sordides… »

John lui prend délicatement la main et l'entraîne vers l'un des gendarmes, recouvert de la tête aux pieds, d'une combinaison blanche de papier, et très affairé devant sa valise noire.

Cerbère observe la scène depuis sa planque, dans les ronces.

Il est triste de constater que Claudie, son trésor, affiche une mine de papier mâché. Pour sa part, John semble, ce matin, bien plus vaillant.

Le gros chien se couche dans le taillis sans quitter des yeux la vieille gitane qui fume la pipe, retournée près de sa roulotte. L'animal a bien compris que la visiteuse comptait reprendre la route. Elle estime qu'elle en a terminé ici.

Lui n'a jamais pu se lier à cette vieille, ni aux deux autres qui l'accompagnent.

Ensemble, ils ont semé le malheur et le chaos sur leur passage.

Cerbère reconnaît que la vieille cherchait toujours la vérité.

Mais à quel prix.

La voix de Kali - 16

Angel a navigué aux frontières de la mort.
Mais un jour, il serait à nouveau vaillant.
Il deviendrait celui qui me manquait.
Ainsi il pourrait continuer à chercher Rachel,
qui avait survécu, et ses enfants.
Car vous étiez deux et il ne le savait pas.

Il accepta le marché et son passage dans mon
royaume.
Il ne sert à rien de t'expliquer comment,
Petite, tu ne comprendrais pas.
Avec Elsbeth et Nathanael, ils étaient
fantômes la nuit,
Mais réels le jour, sous un autre aspect.
On ne pose pas de questions aux animaux.
Tous les quatre nous avons beaucoup voyagé
dans cette région,
Répandant notre justice sans éveiller de
soupçons ; ou presque.
Ton ami Justin est très perspicace...

Angel avait surtout à cœur de retrouver d'abord ta mère,
Elle paraissait en sécurité, chez deux vieilles dames.
Son ventre s'arrondissait à chaque visite, un peu plus.
Mais un jour, les enfants n'étaient plus là,
Et Rachel avait disparu.

La criminelle devina notre présence, mais ne voulut rien avouer.
Cependant, elle vivait dans la terreur.
En 1992, il y eut une formidable crue.
Toute la zone fut évacuée
Mais Isabel ne voulait pas quitter sa maison ;
Elle errait dans son jardin, aux frontières de la folie.
Elle nous sentait, nous repoussait, hurlait ses mensonges.
Angel tournait autour, caché, attendant son moment.

Soudain l'enfant-grand, le voisin, la bouscula puis s'enfuit.

Angel laissa la rage le submerger.

Ainsi, Isabel rejoignit le royaume des morts.

Seul l'enfant-grand assista à la scène.

Pourtant, il n'était pas une menace. Alors nous passâmes notre chemin.

Dorénavant, il fallait retrouver les enfants.

XVII

Un lundi après-midi de mai.

Claudie rentre épuisée de l'enterrement de Lucie Chauvet.

La messe l'engourdissait, la foule venue en nombre psalmodiait autour d'elle et les musiques douces choisies donnaient à l'ensemble de la cérémonie, un caractère interminable et suranné. Elle devait lutter contre le sommeil à chaque minute, la cervelle envahie des images du cadavre momifié mis au jour le matin. Elle ne se souvient même pas si elle a correctement lu son texte ou si toute l'assistance a fait bonne figure devant sa peine. Puis il lui a fallu faire l'effort de suivre le cortège moribond jusqu'au cimetière, encore une fois, pour un dernier adieu à leur amie. La jeune femme reste persuadée qu'elle ne se remettra jamais de cette journée atroce.

Surtout qu'il va lui falloir organiser sous peu, les obsèques de sa mère biologique.

Claudie se prend la tête dans les mains. Maintenant, elle voudrait pouvoir se coucher et fermer les yeux, mais non, toute la troupe a emboité le pas au poulpe qui les guide jusque chez elle : il y a son frère bien entendu, mais aussi le guide Julien, David La Baleine, Arthur le gendarme et le couple Pichon. La brave Brigitte, aussitôt le pas de la porte passé, s'affaire en cuisine, tandis que tout le monde s'installe dans la salle à manger. Claudie se cale dans l'une des chaises et ferme les yeux, exsangue.

La voix de stentor de la méduse l'empêche de sombrer tout à fait.

—Donc nous sommes réunis pour faire un point. Tout d'abord je dois vous mettre au courant d'un phénomène curieux : les trois autres personnes malades comme Lucie, se sont réveillées aujourd'hui en pleine forme.

Claudie ouvre tout à coup les yeux et fixe son ami. A ses côtés Brigitte, qui a posé sur la table des tasses fumantes et une multitude de petits gâteaux, ne peut s'empêcher de poser la question :

—Il y avait d'autres malades, à part Lucie et la boulangère ?

—C'est la sorcière, grommelle son mari.

—Oh Hervé ! le coupe Brigitte.

—Mmm, reprend Justin. Reprenons au début… A toi, Arthur.

—Le début, commence le gendarme, c'est cette fameuse nuit de 1983 où les deux Anglaises décident de transférer loin de leur jardin, où elle

236

est enterrée jusqu'à présent, la sépulture de Rachel Rose, la mère biologique de Claudie et John. Les deux femmes sont vigoureuses pour leur âge et elles décident d'utiliser le cénotaphe dont leur a sûrement parlé Lucie Chauvet, amie de longue date. Le corps n'est pas très lourd à transporter sous l'orage mais elles ont dû batailler un moment avec la dalle en marbre.

—Et cette fameuse nuit, ajoute Justin, le fossoyeur est déjà sur les lieux à surveiller la montée des eaux dans le cimetière, qui s'inonde régulièrement.

—Il est d'ailleurs étrange que les sœurs Baswell aient choisi d'aller y enterrer un corps qu'elles voulaient protéger de l'eau, déclare David.

—Mais elles ne voulaient pas le protéger de l'eau, répond le poulpe l'œil malicieux. Elles ne voulaient pas que la crue l'emporte. Nuance.

—Ça ce sont des hypothèses, reprend le gendarme. Entre temps, Angel Corsi a survécu.

—Comment peux-tu en être certain ? s'intéresse Claudie.

—Nous avons suivi tes conseils et sommes allés à l'ermitage Saint Eugène. L'ermite actuel nous a gentiment laissé consulter le registre des visiteurs et les quelques écrits de son prédécesseur. Il y a peu de choses mais il y a mention d'un homme aperçu au refuge dont la description correspond. Le moine n'a pu établir de contact et il voyait souvent cet intrus, à la tombée de la nuit, graver le tronc des arbres alentour. Il pensait qu'il faisait partie d'un groupe de gens du voyage qui campait dans le bois mais ne se mélangeait pas à eux.

—Des bohémiens, murmure Claudie en pensant à la roulotte en face de chez elle.

Elle se souvient des paroles de la vieille, la première fois qu'elle l'avait rencontrée, qui semblait chercher quelqu'un. Se pouvait-il qu'elle fasse allusion à son père ?

Claudie secoue la tête ; elle sent la lassitude l'envahir à nouveau. Elle a tellement sommeil. Elle se sent vide.

Mais Arthur continue son récit :

—Dans une caisse d'objets abandonnés, à l'ermitage, nous avons déniché un portefeuille avec des papiers au nom d'Antonio et Rosa Carbini. On peut donc supposer que vos parents ont changé de noms. Et nous avons retrouvé la trace du couple Carbini, dans nos fichiers, mais annotés comme faisant partie des renseignements généraux.

—Quoi ? s'exclame Claudie, soudain en éveil.

—Ils travaillaient pour les flics, explique Justin. Mais continue, Arthur, c'est extrêmement intéressant.

—J'ai contacté le service, mais personne n'a voulu me renseigner, l'affaire n'étant toujours pas close, en ce qui concerne Pierre Conty et sa communauté de néo-ruraux.

—Je ne comprends rien, soupire Claudie.

—Et c'est là qu'intervient notre chère Baleine ! s'écrie le poulpe, en levant ses grands bras au ciel.

Claudie, comme les autres, a sursauté. Elle essaie de suivre le récit, mais c'est trop alambiqué, ça part dans tous les sens. Son père et sa mère, flics ? Elle secoue la tête, jetant un regard incrédule à son frère, de l'autre côté de la table, qui sourit benoitement.

—Je ne vais pas détailler mes méthodes, commence David de sa petite voix fluette. En 1973, Angel est dans de sales draps. C'est un criminel puissant qui est à la tête de trafics en tous genres et par respect pour John et Claudie, je ne vais pas lister ses pratiques. Mais cette année-là, il se passe quelque chose qui met le feu aux poudres dans une cité HLM de Saint Etienne, et visiblement, Angel Corsi et une jeune fille, dont il semble amoureux, sont faits prisonniers par la police.

—Attends, je ne comprends rien. C'est un flic ou un voyou ? demande Claudie.

—Un très gros voyou, répond le poulpe. Qui va passer un marché avec les flics.

—Exactement, reprend David. En échange de renseignements sur tout le réseau, il disparait du paysage avec de nouveaux papiers, pour tous les deux. Et il va même travailler pour la police.

—Incroyable, soupire Claudie la tête entre les mains. On se croirait dans un mauvais film ! Mais vous avez des preuves ?

David ouvre rond ses yeux bleus et rougit brusquement. D'un geste lent il fait glisser sur la table une grande enveloppe marron. La jeune femme, furieuse, s'en empare sans délicatesse et en sort une liasse de photocopies relatant pêle-mêle des articles de journaux, des procès-verbaux et des dossiers confidentiels. Elle ne peut rien lire, ses yeux se brouillent et elle sent la nausée de la matinée refaire surface.

—*Ecoute encore, Claudie, please,* susurre son frère.

Toute l'assistance se regarde à tour de rôle comme pour se décider à continuer ou non. John sourit paisiblement à sa sœur de son regard doux. Brigitte est devenue très pâle ; elle prend la main de la jeune femme dans la sienne et la tapote machinalement.

—Le marché se fait, explique David, retrouvant son teint diaphane. Aujourd'hui, un tel deal ne serait pas vraiment possible, quoique. A cette époque, il était normal que des flics côtoient le milieu du grand banditisme afin de boucler de grosses affaires. Dans les années soixante-dix, il y a une communauté hippie qui fait parler d'elle en Haute Ardèche, il s'y passe des choses louches et surtout, le meneur est un anarchiste qui parle bien, parfois même à la télévision. Ses idées révolutionnaires inquiètent au plus haut niveau. Les flics missionnent donc Angel de s'y infiltrer et de leur rendre compte de ce qui s'y passe. Ils font d'une pierre deux coups : le couple y sera au vert en échange d'un rôle d'indic.

—Mais moi j'ai travaillé sur cette communauté ! s'écrie Claudie. Je sais presque tout ! Je n'y ai pas trouvé le moindre indice sur la présence de nos parents !

—Ils n'y sont pas restés longtemps, intervient le poulpe. Je dirais deux ans. On ne le saura jamais avec certitude, mais tes parents se sont probablement enfuis de là-bas juste avant leur accident. Seule inconnue : la raison de la fuite.

—Les fichiers des renseignements généraux perdent leur trace en 1976, conclut David.

—Et pour cause, reprend Arthur. Dans leur fuite, ils ont un accident dans le bois de Païolive. Rachel est recueillie par les sœurs Baswell, puis disparaît, tandis qu'Angel s'enfuit dans les bois, d'où il se volatilise.

Un grand silence accueille ces dernières paroles. Chacun plonge dans ses réflexions, figé sur sa chaise. Claudie a le cerveau en ébullition. Toutes les questions se bousculent dans sa tête.

Et soudain elle se redresse :

—Mais alors, on ne sait toujours pas où est notre père ? S'il est vivant ?

Elle regarde alternativement Arthur et Justin, le front barré d'une grande ride.

—Angel a survécu, répond Arthur d'une voix lente. Mais on n'est pas plus avancé pour la suite. Il serait parti avec les bohémiens. Le texte du moine concernant ces derniers est plutôt...embrouillé.

—C'est-à-dire ? demande Claudie en observant à sa droite le poulpe dont le visage est devenu brusquement cramoisi.

—Pfff, soupire le gendarme, visiblement mal à l'aise. Justin a une théorie fumeuse. Moi je ne vais vous dire que ce qui a été écrit par le moine : une roulotte habitée par des gens très discrets qui ne sortaient qu'à la tombée du jour. Le moine n'a jamais pu établir le contact avec eux. Ils semblaient le fuir. Les bohémiens étaient au nombre de trois ; une vieille femme et deux jeunes gens, une belle rousse et un garçon de couleur.

Claudie est complètement sonnée par la révélation, elle se relève brusquement :

—Mais ils sont là, dans le pré ! Je les ai vus !

Brigitte et Hervé semblent perdus, ils tournent la tête en tous sens. Mais Arthur, John et Justin ont le regard fixé sur la jeune femme. Ses méninges s'activent à la vitesse de la lumière. Elle comprend que tout n'est pas si simple.

Claudie se rassoit. Sa cervelle tourne à plein régime et subitement sa théorie retombe comme un soufflé, car il y a un problème de taille :

—Ils sont trop jeunes, c'est ça... Ce n'est pas eux. C'était il y a quarante ans...

—Mmm, répond Justin.

—Mais de quoi parle-t-on ? demande Brigitte qui ne comprend rien à la conversation.

—Un soir de la semaine dernière, explique Claudie, j'ai aperçu un garçon noir d'une quinzaine d'années et une jeune fille rousse, dans la vingtaine, qui dansaient près de la roulotte de la gitane dont je t'ai parlé. Ils vivent tous les trois là-dedans. Je pensais qu'Arthur indiquait que ce sont ces gens qui ont recueilli notre père en 1976. Mais c'est impossible…

La brave Brigitte formule un « oh » silencieux sur ses lèvres puis se rembrunit dans son siège. Toute l'assistance nage dans l'expectative, sauf Justin qui sourit.

« Ça ne veut rien dire tout ça. Nous devenons tous fous ici ! » pense Claudie en croisant les bras.

—La description du moine est peu précise, reprend le gendarme. Et il y a d'autres bohémiens partout dans le monde.

—Mmm, reprend le poulpe en soupirant. Nous savons donc qu'Angel survit à ses blessures. Alors quelle va être sa prochaine action, une fois la santé retrouvée ?

—*Chercher Rachel,* répond John, qui semble le seul à suivre la conversation malgré ses difficultés habituelles en français.

—Exactement ! hurle le poulpe. Et je pense qu'il a retrouvé sa trace chez les sœurs Baswell, mais qu'il est arrivé trop tard…

—Tu penses donc qu'il est encore vivant ? demande Claudie.

—Peut-être.

Justin hausse les épaules. Claudie bout comme une marmite mais se contient. Brigitte Pichon, qui gigote depuis quelques minutes sur sa chaise, en profite pour poser sa question :

—Excuse-moi, Justin, je ne comprends pas tout ce que tu racontes…mais tout à l'heure tu as parlé

des autres malades du village, et je ne savais pas…
Mais qui est malade ?

—Ah oui. Brigitte, tu soulèves une question essentielle.

Le poulpe paraît dans son élément, il sourit et toute l'assistance n'a d'yeux que pour lui. Claudie déteste quand il joue au maître de cérémonie comme à l'instant.

« Il se délecte de nos tristesses »

—Donc nous avons le fossoyeur, qui a vu la sombre activité des Anglaises ce soir d'orage quand elles déplaçaient le corps. Il aurait pu intervenir ou parler, mais il n'a rien fait. Nous avons le garagiste, monsieur Plan. Lui aussi m'a tout avoué malgré sa fièvre : le soir de l'orage, Clodomir lui avait demandé de venir récupérer la voiture accidentée. Pourquoi ? Tout simplement parce qu'il y a trouvé des armes à feu dans le coffre, qu'ils ont revendues, pour une belle somme. Enfin nous avons la boulangère, Madame Duchau, qui livrait le pain chez les Anglaises, qui a vu la jeune fille prisonnière mais qui n'a jamais ouvert la bouche. Et notre brave Lucie, qui donnait des cours à Rachel, mais qui n'a rien fait non plus.

—Tu parles d'une vengeance ? murmure Claudie. Angel aurait empoisonné tous ces gens ? Il rôde par ici, après toutes ces années ? Mais pourquoi maintenant, alors ?

—C'est LA grande question, énonce le poulpe avec son air énigmatique.

Claudie tourne et retourne dans son lit. Elle devrait dormir comme une souche mais elle n'y parvient pas.

Tous sont partis très tard, après avoir soulevé un nombre incalculable d'hypothèses plus loufoques les unes que les autres. Ne sont restés que John et Justin qui ont repris leurs vieilles habitudes ; son frère a retrouvé le chemin de la chambre qu'il a occupée quelque temps, au bout du couloir, et le poulpe a préféré squatter le canapé.

Ne manque que le chien.

Claudie a laissé sa porte entrouverte, elle entend leurs respirations calmes dans le lointain.

Elle se sent vidée par cette journée mémorable pourtant, elle ne parvient pas à éteindre son cerveau. Dans l'obscurité de sa chambre jaune, la jeune femme est assaillie de questions sans queue ni tête. Il y a eu trop d'informations, trop de réponses et pourtant rien ne colle.

Claudie se retourne encore une fois entre ses draps moites, en soufflant d'exaspération.

La voix de kali - 17

La quête nous mena ici,
Dans cette maison voisine du cimetière.
Il y vivait une femme solitaire et assez
farouche.
Jamais elle ne permit de l'approcher.
Une femme entourée d'une aura sombre.

L'été, une petite fille venait la rejoindre.
Alors l'aura sombre disparaissait,
Gommée par celle de l'enfant, si lumineuse et
insouciante.
Cette petite fille, c'était Toi.
Angel t'observait de loin, grandir,
Et devenir la femme que tu es aujourd'hui.
Mais sans cesse tu creusais le passé des
autres,
Tournant autour du tien, que tu ne
soupçonnais pas,
Celui qui lentement te rongeait l'intérieur.

Depuis quelques années, tu venais moins,

Accaparée par ta vie au loin.
Alors que c'est ici, dans ce village que ton destin devait se faire,
Que tu devrais dérouler la pelote de tes origines
Et par là-même retrouver ton frère, ton jumeau.
Celui dont tu ne soupçonnais alors, pas encore l'existence.

Pour que tu viennes, il fallait un évènement majeur.
La punition de celle qui vivait encore dans cette maison
Serait un point de départ. Que justice se fasse.

Un soir nous la rencontrâmes, enfin.
Très âgée, elle semblait vouloir s'amender.
Ses dernières journées se rythmaient par l'écriture de sa vérité,
Dans un petit carnet qu'elle cachait.
Il fallait que tu découvres ce carnet,
Avec notre aide.

La vieille dame rendit alors son dernier souffle.

Et un matin, Angel vit ta voiture se garer sous les cyprès.

XVIII

Une nuit lundi à mardi, en mai.

Claudie se réveille en sursaut : quelqu'un lui a touché le bras. Elle se redresse vivement dans son lit, haletante, prête à hurler, et constate, à la lumière de son chevet, que c'est son frère qui est assis à ses côtés et qui lui sourit.

—*Claudie, lève-toi. Il faut aller maintenant*, chuchote-t-il.

La jeune femme se frotte les yeux, l'esprit encore engourdi de sommeil. John la fixe, le regard fiévreux, ses grands cernes plus sombres que jamais. Elle ne comprend pas ce qui se passe. Elle geint d'une voix pâteuse :

—Il faut aller où ?

Dehors c'est la nuit noire.

Elle ne parvient pas à retrouver ses esprits, elle est encore à moitié plongée dans son sommeil. Combien de temps a-t-elle dormi ? Quelle urgence à se lever si tôt ?

Mais John ne lâche pas, il lui frotte le dos et l'encourage doucement.

Perplexe, elle se force à l'éveil et constate que Justin se tient au bout de son lit, ainsi que Cerbère, assis sur le tapis.

« Il est revenu ? »

Elle ne comprend rien.

—Mais qu'est-ce qu'il y a ?

—Allez, lève-toi Claudie, on nous attend, lui répond le poulpe, le visage fermé.

—Qui nous attend ?

Finalement, c'est le gros chien qui fait entendre son puissant aboiement afin qu'elle obtempère sans plus poser de questions. Encore vaseuse, la jeune femme enfile la polaire que son frère lui tend et glisse ses pieds nus dans ses chaussures fourrées. Elle n'a même pas le temps de se demander si elle doit s'habiller, car les autres lui pressent le pas. Elle ira donc en pyjama.

Mais où ?

Ses comparses la devancent, à l'extérieur de la maison, d'un pas énergique. Elle a pour sa part encore du mal à rester en équilibre durant la marche forcée, à la queue leu leu. Tout est silencieux, la nuit est complète, mais la lune pleine éclaire leur chemin. Le petit groupe, mené par le chien, traverse la terrasse et sort du jardin. Claudie a un instant d'hésitation en constatant qu'ils se dirigent droit vers la roulotte, devant laquelle l'étrange trio les attend, les silhouettes éclairées par les lumières vives des fenêtres de la caravane. Claudie fronce les sourcils, tandis que son frère lui lâche la main, pour aller à la rencontre de la vieille gitane, plus effrayante que jamais.

Le poulpe, resté à ses côtés, ne dit rien, observant la scène silencieuse, comme elle. John semble parler avec la vieille mais aucun son ne sort de leurs lèvres. Et subitement la bohémienne tourne les talons et grimpe dans sa roulotte. John lui emboite le pas, un sourire béat aux lèvres, faisant signe aux deux autres de le suivre. Claudie regarde le poulpe mais celui-ci l'ignore et se met en mouvement. Imperceptiblement poussée par la jeune rousse et l'adolescent, Claudie se retrouve à monter l'escalier de bois qui mène à la caravane, puis à passer la porte.

Elle est totalement réveillée dorénavant et sa curiosité prend le dessus. Les yeux avides, elle détaille, sans pudeur, l'intérieur de la roulotte.

Tout lui paraît soudain démesuré.

Il règne un désordre subtilement agencé : une multitude de meubles colorés, des fauteuils et un canapé confortable, des tables rondes et guéridons, des livres, des tapis d'orient, des velours et des tentures, des lampes et luminaires, le tout noyé dans les vapeurs d'encens. La jeune femme ouvre la bouche mais aucun son n'en sort. Elle est plus que perplexe, sonnée par l'illogique de la situation.

« Comment tout ce fouillis peut-il tenir dans une si petite roulotte ? »

Elle voudrait poser la question mais n'en a pas le temps : l'adolescent silencieux la force à prendre place sur le canapé où Cerbère vient se coucher à ses côtés. Le poulpe, lui, s'est installé en face d'elle et semble mal à l'aise, ses yeux virevoltant de droite à gauche, son grand corps raide dans le velours. John s'est assis entre eux, dans un siège arrondi. Il sourit comme un bienheureux, les yeux clos, la tête en appui sur le dossier. La belle rousse se tient juste derrière lui, elle semble lui caresser les cheveux ; tandis que l'adolescent s'est sagement assis aux côtés de Justin, ses mains croisées sur les genoux.

Claudie détaille la scène et réalise soudainement que tout s'est figé. Elle lève les yeux et se retrouve face au regard sombre de la vieille qui la fixe durement. Claudie n'a pas de crainte en cet instant mais elle sent qu'elle doit se concentrer.

—Tu es compliquée, dit la vieille de sa voix rocailleuse. Je n'ai pas l'habitude de ces salamalecs mais ce soir je ferai une exception.

Claudie hausse les sourcils, elle n'a rien demandé ! Et personne ne bouge pour la défendre. Elle ne comprend pas ce qui se trame ce soir. Elle jette des regards interrogateurs vers ses deux comparses mais ils l'ignorent superbement : ils ont déjà fermé tous deux les yeux, se laissant aller contre leurs dossiers, comme endormis. Même Cerbère semble somnoler près d'elle.

« Serait-ce encore un rêve ? »

Elle ne se démonte pas et s'adresse directement à l'aïeule :

—Que faisons-nous ici ? Et d'abord qui êtes-vous ? La pipe de la gitane entre en action, balançant vers le plafond un nuage de locomotive. Claudie perçoit qu'elle a choqué cette femme, mais elle s'en moque. Elle voudrait rejoindre son lit, les vapeurs d'encens lui brouillent la cervelle.

Ses paupières sont lourdes. Elle lutte pour garder les yeux ouverts.

La gitane se plante alors devant elle et récite de sa voix grave :

—Je suis de vents et de poussières, de nuits et de ténèbres, de bruits et de fureurs, de glace et de tempêtes, je suis réelle et invisible, présente mais éphémère, violente, parfois cruelle, souvent chargée de colère. Je suis soudaine ou intemporelle, ruminée, calculée, intérieure, et parfois passionnelle...

Tout à coup, Claudie n'a plus la force de résister. Subitement envahie d'un profond sommeil, ses membres deviennent lourds, elle voudrait même s'allonger, à la limite de la nausée. Elle se sent comme paralysée, ne parvenant plus à bouger le moindre orteil. Tout au fond de son cerveau embrumé, une alarme la retient un minimum en éveil, elle essaie de lutter encore. Mais le sort est puissant.

Ses paupières se ferment finalement.

Claudie rêve.

Elle n'entend plus vraiment la vieille qui continue sa mélopée avec emphase.

Elle se retrouve soudain dans son cauchemar récurrent : la voilà qui court dans le pré, comme une dératée, essayant d'échapper à quelque chose de terrible qu'elle ne perçoit pas. Dans sa course éperdue, elle constate tout de même que pour cette fois, Cerbère court à ses côtés, qu'il l'accompagne. Les herbes folles du champ semblent grandir inexorablement, Claudie lutte contre les brins devenus immenses qui la freinent. Cerbère est toujours là mais lui n'a pas rapetissé et se dresse alors devant elle, énorme et menaçant.

Au loin, la jeune femme perçoit le murmure de la vieille gitane qui poursuit son histoire :

—Je ne me raconte pas, je n'ai pas à le faire, pas aux vivants. Seuls les futurs trépassés connaissent ma voix. Mais toi, Petite, tu es spéciale... Maintenant ferme les yeux et détends-toi. Ecoute avec l'esprit. Des images naîtront derrière tes paupières closes. Laisse-les venir à toi, et ne résiste pas. Car ce récit est indicible et inaudible pour un mortel. Pourtant, tu vas l'entendre et le comprendre. Puis tu l'oublieras. Mais demain tu sauras que chaque chose est à sa place. Car voici ton passé et ton avenir...

Claudie s'est arrêtée dans le pré. Minuscule, son champ de vision est envahi du pelage sombre du chien. Des vapeurs semblent remonter du sol, comme après une pluie sur la terre chaude. La jeune femme tourne son visage en tous sens mais elle ne voit aucune échappatoire. Et soudain la masse du chien devient floue, le pelage semble disparaitre dans la brume, laissant place à quelque chose de plus lisse, de plus brillant sous la lune. Claudie constate qu'elle a retrouvé sa taille humaine, que les brins d'herbe humide sont redevenus petits sous ses pieds nus. Face à elle se trouve une silhouette humaine, couverte d'une grande cape. Les bras de l'inconnu s'ouvrent pour l'accueillir contre son torse et la jeune femme s'y jette sans réfléchir.

Derrière eux, elle distingue à peine, parmi les brumes, la belle rousse et son compagnon adolescent qui semblent danser sous la lune. Comme lorsqu'elle les aperçut, un soir sous ses fenêtres. Un grand brasier brûle en silence près d'eux, mais les deux danseurs ne semblent pas s'en préoccuper. Ils font une ronde de plus en plus rapide, tournoyant sur eux-mêmes. Et soudain Claudie, toujours lovée contre l'inconnu, ne distingue plus vraiment les danseurs ; leur mouvement est tel qu'ils semblent disparaître dans une tornade sombre. La lumière ambiante faiblit et la jeune femme constate qu'ils ne sont plus là. A leur place se dresse un grand arbre décharné avec sur l'une de ses branches rachitiques, une grosse corneille luisante, et aux racines, un chat roux au pelage duveteux.

L'étreinte est longue, Claudie s'apaise contre la chaleur de ce corps humain. Puis elle s'écarte

257

doucement et observe le visage doux qui la regarde intensément, en souriant.

C'est un homme brun à la peau tannée, le corps mince et vigoureux, la chevelure hirsute, grisonnante. Il ne parle pas mais dans ses yeux elle lit le grand amour qu'il lui porte.

Quelque part, elle a toujours su.

Aujourd'hui elle comprend enfin.

Cerbère a disparu.

A sa place, se dresse un homme âgé : son père.

En rentrant au camping, ce soir, Julien, le guide du bois de Païolive, a trouvé une grande enveloppe brune posée devant la porte du mobile-home qu'il loue. Surpris, il s'est empressé de l'ouvrir et de lire les feuillets à l'intérieur.

Qui semblent bien officiels.

Cela fait déjà trois fois qu'il relit l'ensemble et il ne comprend toujours pas.

Il est surtout extrêmement inquiet.

Il hésite sur la personne à contacter, malgré le message clair d'une lettre, dont il reconnaît l'écriture, et qui lui interdit de poser la moindre question à quiconque.

Alors pourquoi, John, lui donne-t-il sa maison ?

La suite, tu la connais, tu l'as vécue, Petite.

Tu avais juste besoin de petits coups de pouce, de temps en temps.

Et tu découvrais que tu n'étais pas seule,

Que tu avais un frère, des amis.

Enfin, il fallait surtout que ce village parle.

Et pour qu'une parole se libère, il faut qu'elle soit sous la contrainte.

La peur est un moyen puissant pour diriger les masses.

C'est ainsi que nous nous sommes acharnés à semer le trouble,

Déposant objets ayant appartenu à tes parents et petits nuisibles trépassés.

Moi encore, qui ai plongé certains dans les affres d'une maladie incurable et puissante,

De sorte qu'ils se sentent proches du trépas et se confessent, enfin.

Le seul imprévu fut la volonté d'Elsbeth à reprendre sa petite statue de bois chez ton amie. Elle était trop faible, elle n'a pas survécu à la vision de mes indociles compagnons.

Aujourd'hui, ton frère et toi êtes parvenus au bout de la quête.

Ainsi tu sauras toute cette souffrance vaine semée dans ton passé.

Et l'heure tourne.

Mon Implacable a œuvré longtemps à mes côtés,

Mais aujourd'hui il doit partir.

Comme je te l'ai dit, il est le seul de mes compagnons à ne pas être immortel.

Tu dois lui dire adieu.

Toi, Petite, tu continueras ta vie simple.

Mais ton frère vient avec moi.

Je ne contrôle pas tout.

Il était marqué, dès l'enfance,

Car c'est un garçon très particulier,

Tu t'en es rendu compte, avec le temps.

Aujourd'hui il est malade.

Moi seule peux le sauver.

A lui aussi, tu dois dire adieu.

L'heure tourne et tu vas bientôt te réveiller.

XIX

Un mardi matin de mai.

Claudie se réveille en sursaut, les yeux écarquillés et le cheveu en bataille. Justin se tient droit, immobile au pied de son lit et le grand chien noir est contre lui, tout aussi statique. La jeune femme semble revivre une scène déjà jouée, réapparaissant par bribes dans les tréfonds de son cerveau ensommeillé. John est assis à ses côtés. Souriant, il lui tient la main.

Dans sa chambre illuminée, elle devine qu'au dehors c'est presque l'aube. Ses grands volets de bois fermés ne laissent encore aucune lumière du jour passer mais leur contour est clair.

Claudie a mal au crâne et la nausée.

—Qu'est-ce qui se passe encore ? murmure-t-elle.

—*Claudie lève-toi. Il faut aller maintenant…*

Elle voudrait protester mais capitule. Elle a déjà vécu cette scène. Serait-ce encore le rêve ?

Et le poulpe qui ne dit rien ?

Claudie s'extirpe de son lit et sans rechigner, cette fois, enfile ses chaussons et un gros gilet. Justin et le chien sont déjà sortis de la chambre.

Tout en suivant les autres dans sa maison envahie de pénombre, la jeune femme réfléchit. Des images brumeuses lui martèlent l'esprit mais elle ne parvient pas à s'éclaircir les idées. Elle a encore fait son vieux cauchemar récurrent, où elle courait dans le pré. Les souvenirs qui lui reviennent sont complètement fantasques, rien n'est logique.

« Normal pour un rêve ».

Elle se revoit fuyant comme une dératée, les pieds dans l'herbe humide, puis entrant dans la roulotte noyée sous les vapeurs d'encens. Elle se revoit assise, un vieil homme à ses côtés, un inconnu au doux regard qui lui tient la main en souriant. Dans les brumes, il y a la gitane qui fume sa pipe et semble chanter de sa voix rocailleuse, et les deux jeunes, muets, qui dansent devant un brasier immense... Les images qui lui apparaissent sont nettes, différentes des souvenirs d'un vieux rêve. Pourtant ce qu'elle revoit lui semble totalement fantasque et irréel. Et surtout, elle entend encore dans sa tête la voix de la gitane et ses mots...

Claudie secoue la tête.

« Je veux me réveiller ! »

Les autres ont ouvert la porte de la maison et sur la terrasse, dans l'aube, se tient Arthur, le gendarme, la mine renfrognée. La nuit n'est plus totalement noire ; la lune brille encore au loin mais on devine que le soleil est prêt à faire son apparition. Déjà, le jardin résonne de multiples chants d'oiseaux.

Jetant un œil vers la rue, Claudie constate que la roulotte a disparu. Sans laisser la moindre trace.

—Regarde Justin, ils sont partis ! s'exclame-t-elle.

Mais le poulpe ne lui répond pas. Il semble en plein conciliabule avec Arthur. La jeune femme s'approche pour saluer le gendarme.

—Salut. Que fais-tu là si tôt ?

L'homme ne lui répond pas mais lance au poulpe une interrogation muette de ses grands yeux. Claudie observe le manège, puis explose :

—Qu'est-ce qui se passe encore ?

—Tss, répond le poulpe. Ne t'énerve pas, Mademoiselle Chance. S'il te plaît. On attend le bon moment.

Claudie hausse les épaules.

Elle s'est résignée aux manières de son ami singulier. Il a concocté une surprise à sa façon. Elle rage juste de l'heure plus que matinale, car tout le village est encore endormi.

Et pourtant, elle n'a pas vraiment sommeil.

—On a droit à une boisson chaude quand même ?

Justin sourit.

—Je veux bien un petit café moi aussi, demande le gendarme. Au fait, ce n'est pas vraiment le moment, mais on a confirmé les ADN. C'est bien votre mère biologique qu'on a trouvée dans le cénotaphe…

—Ah, fait Claudie. De toutes façons, vous en étiez déjà tous certains, non ?

—Justin, reprend le gendarme à voix basse, j'ai reçu un appel, hier, de Julien. Il semblait très inquiet…

—Mmm, répond le poulpe. J'irai lui parler, après.

La jeune femme fulmine entre les deux hommes qui semblent avoir totalement oublié sa présence :

—Mais qu'est-ce que vous manigancez ?

Le poulpe éclate de son grand rire silencieux tandis que le gendarme lui tourne ostensiblement le dos pour s'enfuir, comme un coupable, sur la terrasse inondée de lune. Claudie hausse les épaules et se dirige vers la cuisine. Visiblement, cette matinée sera étrange. Et pourtant, la jeune femme ne se sent pas furieuse ; docilement, elle se laisse porter par les évènements, une attitude peu coutumière chez elle.

Tandis qu'elle s'active à préparer thé et café bouillants, elle observe le ballet silencieux qui se joue devant ses fenêtres : Justin semble l'attendre, planté devant la cuisine. Arthur est immobile face aux Grads sur la grande terrasse, les bras croisés, comme en colère. John et Cerbère sont descendus dans le jardin et semblent tourner en rond, le nez penché vers l'herbe humide.

« Mais qu'est-ce qu'ils cherchent ? En plus on n'y voit goutte. »

Les yeux de Claudie passent d'un homme à l'autre, elle ne comprend rien à rien ce matin. Elle se sent débile tout à coup, avec l'impression d'avoir manqué quelque chose.

Elle sort enfin avec son petit plateau et ses tasses fumantes. Arthur est venu les rejoindre et tous les trois observent le manège de John et du chien. Claudie s'inquiète :

—John ne veut pas boire ? Ça le réchaufferait... Mais il fait quoi, là ?

—Bon, s'il te plaît, soupire le poulpe en se tournant vers elle. Laisse-moi parler et ne m'interromps pas.

Justin hésite.

Pour la première fois, Claudie le sent mal à l'aise, lui qui généralement se fout de tout. Il a baissé les yeux sur ses baskets mais il reprend :

—Ton frère a un truc au cerveau. Un truc tellement bizarre qu'il n'est pas opérable. C'est ce qui entraîne ses migraines.

« Je le savais ! Oh mon Dieu...et l'autre qui sourit ! » pense la jeune femme, le cœur battant, les yeux déjà embués de larmes, le regard posé sur son frère qui piétine méthodiquement l'herbe humide, plus loin.

—Avec le temps, ce truc grossit dans sa tête, soupire le poulpe. Sans issue.

—Tu parles d'une tumeur ? Et depuis quand tu es au courant ? Pourquoi on ne m'a rien dit ?

—Calme-toi. C'est plus compliqué. On pourrait plutôt parler d'une masse, comme de la boue, qui s'écoule. John le sait depuis toujours. Et tu te doutes de pourquoi tu n'es pas au courant...

Claudie baisse la tête soudain vexée. Elle est la dernière mise au courant, comme d'habitude. Mais là, c'est grave.

—Donc personne ne me fait confiance ? Même pas mon propre frère…

—Laisse tomber Claudie.

—Et pourquoi ce matin ? Vous avez prévu quoi aujourd'hui ? Et pourquoi un gendarme ?

—Je ne peux pas tout t'expliquer en cinq minutes, c'est trop long. Mais ton frère a décidé.

—Décidé ! Mais décidé QUOI ?

—Tu n'as aucun souvenir ?

Le poulpe semble très sérieux soudain. Il la fixe de ses grands yeux pâles :

—Cette nuit, dans la roulotte.

—Ben… Si, bien sûr. Mais ce n'était qu'un rêve…

—Non. Ton frère ne veut pas se soigner. Il a choisi une autre voie.

La jeune femme est à la fois furieuse, dévastée, et en pleine confusion.

Ses pensées s'embrouillent, elle essaie de comprendre le message subliminal que tente, maladroitement, de lui passer son ami. Les images de la roulotte se font plus nettes à son esprit, elle se remémore les paroles de la gitane. Qui racontait une histoire insensée. Elle pensait avoir rêvé. Elle voudrait se souvenir de tout. Elle ferme les yeux et réfléchit intensément. Mais tout n'est pas plus clair.

La vieille racontait son long récit, l'histoire d'un homme poursuivi par la malchance, et quelque chose avec des esprits puissants. Claudie se concentre encore, elle revit la scène. Il y avait Cerbère à ses côtés puis un homme, leur père. John était assis, les jeunes gens tournaient autour de lui puis ils ont disparu. Elle revoit un chat roux lui frotter les jambes et un corbeau se poser sur le lustre.

Claudie secoue la tête.

—Quels sont tes souvenirs de cette nuit ? demande le poulpe.

—Je ne sais pas, hésite-t-elle. C'est très flou. Et très bizarre. Je ne me souviens pas bien… Ça n'avait surtout ni queue ni tête !

—As-tu vu ton père ? demande le poulpe, pressant.

—Oui. Mais comment le sais-tu ?

—J'étais là Claudie ! Ce n'était pas un rêve, bon sang !

Claudie secoue la tête.

—Quel rapport avec John ? demande-t-elle.

Justin se frotte les cheveux, il tourne sur lui-même, comme un lion nerveux.

—Parce que John va suivre le même chemin qu'Angel, murmure-t-il. Tu comprends ? C'est la voie qu'il a choisie.

—Quoi ? Désolée, mais je ne comprends rien.

—Purée Claudie ! Fais un effort ! Tu as vu quelque chose de fantastique qui s'est passé cette nuit, sous nos yeux !

Certes, des images reviennent à la mémoire de la jeune femme, et certains mots, certaines idées. Mais rien qu'elle ne puisse décemment concevoir.

—TU ES FOU ! hurle-t-elle.

Claudie est comme sonnée. Elle ne comprend même pas vraiment ce que suggère Justin. C'est tout bonnement impossible.

—Les autres cautionnent tes délires ? demande-t-elle. Mais alors vous êtes tous… Non, je rêve encore et je vais me réveiller… C'est impossible, IMPOSSIBLE, tu m'entends ?

—Réfléchis. Ça fait des années que je te le répète…

—Non. Tu me fais peur, gémit Claudie en secouant la tête.

—Viens, rejoignons Arthur. John nous fait signe, c'est le moment. Ouvre grand tes yeux Claudie, nous allons assister à quelque chose de fabuleux…

Claudie ouvre les lèvres sur un ultime cri, indigné, puis se ravise, vaincue.

Elle suit mollement cet ami improbable dont le visage ce matin est extatique, et se positionne pourtant à ses côtés, Arthur prenant place tout près d'elle. Comme des vigies, les voilà alignés sur la terrasse, embrassant du regard le grand jardin à leurs pieds, puis la vigne plus loin, dans une lumière douce, entre lune et soleil. Autour d'eux le silence s'est fait.

Même les oiseaux semblent attendre quelque chose.

John leur fait un petit signe de la main, puis se retourne vers la vigne, immobile, le grand chien noir calme à ses côtés, dans la même attente.

Claudie écarquille les yeux car effectivement, au fond de la vigne il y a quelque chose qui apparaît. L'image se précise alors que le phénomène s'avance. C'est une sorte de minuscule tornade de poussière qui enfle rapidement et sans bruit. Mais le tourbillon ne prend pas naissance dans le sol et n'atteint pas le ciel, il ressemble juste à un nuage dense, conique et court, formé de vent et de poussière, au ras du sol.

—Adieu, murmure le poulpe.

Claudie a le cerveau vide, subjuguée par le phénomène tournoyant qui se rapproche imperceptiblement. Et subitement, les larmes jaillissent de ses yeux.

A travers sa vue brouillée, la jeune femme suit des yeux son frère, petit homme blond et nerveux qui se dirige vers la tornade, d'un pas volontaire, accompagné du grand chien. Le ciel s'est assombri brusquement et aucun des trois spectateurs ne parle en regardant le couple homme-animal s'éloigner entre les ceps, devenant de plus en plus petits, jusqu'à rejoindre le tourbillon de vent et s'y jeter, dans un bel élan.

Claudie ne quitte pas des yeux le phénomène qui a englouti John et Cerbère, quand soudain, l'image semble changer ; elle distingue quelques secondes les visages de la vieille gitane et de ses deux compagnons, une jeune rousse et un garçonnet brun, puis la vision devient floue tandis que Cerbère sort du nuage ; peu à peu l'animal grossit sous ses yeux, se transformant en l'homme trapus de son rêve : son père. Ce dernier agite vigoureusement les bras, en un lointain salut. A ses côtés, John a semblé disparaître totalement, puis réapparaître et se baisser au sol, laissant place à une masse blanche qui se met en mouvement et accourt vers la maison.

Peu à peu la masse se fait plus distincte, et sous les yeux éberlués de Claudie, un énorme Patou, chien blanc aux longs poils, gambade follement dans le jardin.

Il s'approche des trois spectateurs figés, tourne sur lui-même en bonds joyeux, lance un puissant aboiement et repart vers le fond de la vigne, rejoindre l'homme âgé dont l'image se gomme peu à peu, redevenant poussière, emportée dans le vent. En quelques secondes, la tornade a disparu, et avec elle, Cerbère et John.

Le soleil inonde alors le jardin d'une clarté vive.

Les chants des oiseaux ont repris, soudain.

Arthur Morino vient d'assister à une scène dont il ne pourra parler à personne.

C'est trop énorme.

Il se demande même s'il ne dort pas encore, dans son lit, auprès de sa femme.

Il est là en tant que témoin, en tant que force de loi, c'est ce que lui a dit Justin en l'invitant. Il comprend que ses amis comptent sur lui pour arrondir les angles, éliminer les questions inévitables, lorsqu'on découvrira que John a disparu sans laisser de traces.

Arthur ne mènera donc pas d'enquête. Et n'en parlera surtout pas, jamais, à quiconque.

Personne ne le croirait.

La voix de Kali - 19

Petite, tu assisteras au passage de ton frère.
Avec lui nous accomplirons de grandes choses
Car il est plein de vie et encore jeune.
Ainsi tu sauras, sans te souvenir.
Et jamais tu ne poseras de questions.

Le village va retrouver la paix à laquelle ici,
tous aspirent,
Et je sais que tu te sentiras alors,
Enfin paisible et sereine.
Nous serons partis.
Tu verras une dernière fois ton père,
Une dernière fois ton frère.

Ainsi se termine cette histoire.
Et tu ne pourras jamais la conter.
Nous irons loin.
Jamais tu ne nous reverras.

Puisqu'il me faut reprendre mon chemin,
Par monts et par vaux,

De jour comme de nuit,
Au gré des appels, des souffrances,
Et ainsi désirée.

Avec pour bagage,
La Haine,
La Vengeance
Et l'Implacable.
Mes trois Furies,
A nouveau réunies.

BIBLIOGRAPHIE

Plan de Joyeuse, www.cevennes-ardeche.com

La Viste n°36, Décembre 2014. Voir et connaître le Pays des Vans. ISSN 1282-9684.

Les Vans, ermitage saint Eugène de Chassagnes. Fondation La sauvegarde de l'art français, 22 rue de Douai – 75009 PARIS. https://www.sauvegardeartfrancais.fr

Qui sont les Dominicains ? https://www.dominicainslille.fr

Seul au monde. En Ardèche, le moine Jean-François Holtof vit en ermite depuis plus de 25 ans. Le Dauphiné Libéré du 08/08/2021. https://www.ledauphine.com

Ordre cistercien. https://fr.wikipedia.org

Pierre Conty. https://fr.wikipedia.org

REMERCIEMENTS

En premier lieu je voudrais remercier tous les anonymes qui ont acheté ce livre, l'ont aimé et fait connaître.

En effet, le milieu de l'édition est un petit cercle très privé, dans lequel les maisons d'édition contactées ne m'ont pas permis de rentrer (et je l'avoue, je n'ai pas persévéré non plus) donc je m'auto-édite. Vous êtes, en conséquence, chers anonymes, mes agents de presse et de publicité.

Un immense merci aussi à Karim et Marjorie des Thés du Square à Joyeuse, qui reste actuellement le seul point de vente physique où l'on peut trouver mes livres. Pour leur gentillesse et leur bénévolat, je ne serai jamais assez reconnaissante. Encore merci à vous et votre enthousiasme !

Si vous résidez trop loin de Joyeuse, vous pouvez néanmoins retrouver mes différents ouvrages en les commandant dans votre librairie, à la Fnac, sur Amazone ou directement sur BOD éditions. Si vous passez par les plateformes, merci d'avance à ceux qui me laissent un gentil commentaire.

Un grand merci à mon mari, Lionel, premier lecteur et grand critique, sans qui ces histoires resteraient probablement très médiocres.

Je remercie dans la foulée mes parents dont l'avis est primordial ainsi que mes correcteurs, Marie-Paule et Hugues. S'il reste néanmoins des fautes, elles ne sont pas de leur fait mais plutôt du mien, car ma correction reste artisanale…

Et un grand merci à Patrice qui réalise, en bon ouvrier du net, mes couvertures de livre, avec infiniment de patience. Tu sais comme tu me sauves…

Enfin je tiens à remercier ici mes amis et les amis de mes amis, enfin tous ceux qui m'ont un jour encouragée ou félicitée parce qu'ils avaient passé un bon moment de lecture. Je sais, mes histoires sont un peu glauques, tristes et parfois fantastiques, mais la conteuse que je suis ne maîtrise pas tout.

Parfois on voudrait écrire autre chose, s'essayer à la grande littérature, tenter le comique ou les belles sagas familiales, mais non, chassez le naturel…

Bref ! J'espère m'échiner encore longtemps derrière mes cahiers et mon ordinateur et continuer à vous évader quelques heures, cher lecteur, chère lectrice, pour mon plus grand bonheur.

Si vous souhaitez me faire part de vos remarques, conseils ou quoi que ce soit, vous pouvez m'envoyer un message sur ma page Facebook : **Véra Herthé.**

J'essaierai de vous répondre, même si je ne suis pas souvent penchée sur mon téléphone. Mes cahiers et mon ordinateur m'intéressent bien plus. Mais il est toujours judicieux d'avoir votre avis, cher lecteur, chère lectrice !

A tantôt.